Karlheinz Stierle

Petrarca

Fragmente eines Selbstentwurfs
Essay

Aus dem »Canzoniere«
Zweisprachige Ausgabe

Carl Hanser Verlag

1 2 3 4 5 02 01 00 99 98

ISBN 3-446-19506-8

Satz: Satz für Satz. Barbara Reischmann, Leutkirch
Druck und Bindung: Friedrich Pustet, Regensburg
Printed in Germany

Inhalt

Fragmente eines Selbstentwurfs
Petrarcas Wege zur Neuzeit

I

Francesco Petracco, der selbst seinem Namen die klangvollere und beziehungsreichere Form Petrarca gab, war nach Dante die beherrschende geistige Gestalt des 14. Jahrhunderts, als sich überall in Europa die nachmittelalterliche Welt vorbereitete.

Petrarca wuchs auf in der Umgebung von Avignon, der päpstlichen Enklave zwischen Paris und Rom, er war Dichter und Geistesdiplomat, schrieb Lateinisch und doch das Schönste seiner Dichtung in der Volkssprache Italienisch, er liebte die Einsamkeit und suchte Nähe und Freundschaft der Mächtigen, er war der modernste Dichter seiner Zeit, aber zugleich ein leidenschaftlicher Liebhaber der antiken Dichter und Schriftsteller. Er war ein großer Büchersammler, der schließlich eine der größten Privatbibliotheken seiner Zeit besaß, aber nicht minder war er ein großer Reisender, der fast ganz Europa aus eigener Anschauung kennenlernte. Er liebte die Malerei, besaß selbst ein Bild Giottos und ließ seinen Virgil-Codex von Simone Martini, mit dem er befreundet war, nach eigenen Ideen mit einer prachtvollen Miniatur schmücken. Er besaß einen neuen Sinn für Landschaft: für die von oben erblickte Fernlandschaft wie für die Landschaft als Raum der eigenen Innerlichkeit. Als Geistespolitiker verfolgte er ein Leben lang den Traum der Wiedergeburt Roms und stellte mit dem von ihm erfundenen wirkungsmächtigen Bild des »dunklen Zeitalters« die politische Lehre der *translatio imperii* radikal in Frage. Petrarca war ein Genie der Freundschaft. Das Netz seiner politischen und intellektuellen Beziehungen überzog ganz Europa. Es fand Gestalt und Sprache in den großen Briefwechseln seiner *Familiares* und *Seniles*, die von den frühen dreißiger Jahren bis zu seinem Tod reichen. Es gibt keinen anderen Menschen der Weltgeschichte vor Petrarca, über den wir so viel wüßten wie aufgrund seiner Selbstdarstellungen über ihn.

Nicht nur im Hinblick auf sein eigenes Leben dachte Petrarca in Netzen und Vernetzungen. Während für das Mittelalter und noch für Dante die antike Überlieferung eine Summe exemplarischer Einzeldaten war, fragte Petrarca als erster nach dem Netz der

Überlieferungen und suchte die Stellen, wo es zerrissen war, um sie zu heilen. So spürte er auch nach verschollenen Büchern, um sie ins Netz des Wissens zurückzubringen und dieses immer dichter zu knüpfen. Als erster im Westen besaß er einen eigenen Codex der homerischen Epen, die er zwar nicht lesen konnte, doch auf eigene Kosten von dem abenteuerlichen Leontio Pilato ins Lateinische übersetzen ließ. Petrarca war nicht nur selbst der Schreiber seiner Manuskripte, er erfand für sie auch auf der Grundlage der karolingischen Minuskel eine eigene elegante, von Schnörkeln entlastete Schrift, die zu einem der Anfänge humanistischer Schreibkultur wurde.

Petrarcas intellektuelle Lebensführung war von höchster Originalität. Er hat sich gleichsam als Person wie als literarische Gestalt selbst erfunden, sich selbst zum Mittelpunkt einer großen Lebenslegende gemacht, die er als exemplarisch für eine neue Lebens- und Geistesform verstanden wissen wollte. Er entwickelte einen höchst singulären Lebens- und Denkstil von feinster und hellster Sensibilität für neue geistige Tendenzen, die er in sich aufnahm und so zuerst dem ahnungsvolle Gestalt gab, was das Gesicht einer neuen Zeit in Europa bestimmen sollte. Dantes Leben nach seiner Vertreibung aus Florenz im Jahr 1302 und nach dem Zusammenbruch aller seiner politischen Hoffnungen kennt nur noch einen Lebensmittelpunkt: sein Werk, die *Commedia*, in der er in höchster Instanz nach dem Lebenssinn fragt, der ihm verlorenging, und dem infamen Florenz aus der Perspektive des zu Unrecht Vertriebenen ein unerbittliches Denkmal setzt. Dagegen ist Petrarca, Sohn eines Florentiner Juristen, den im selben Jahr das Schicksal der Vertreibung traf, der aber in Avignon als Kirchenjurist Fortüne machte, eine freischwebende intellektuelle Existenz, die sich eine Vielzahl von Optionen offenließ.

Das Eigentümliche von Petrarcas Position als Dichter, als Schriftsteller und Publizist, seine spezifische ›Modernität‹ wird erst deutlich erkennbar, wenn man sie vor den Hintergrund von Dantes monumentalem Werk stellt, dessen ästhetische Ordnung in einer gewaltigen Willensanstrengung die Ordnung der Welt noch einmal zu beschwören sucht, die dennoch schon fragwürdig geworden ist. Die *Commedia* wird zu Dantes Lebensprojekt und, seit er Florenz verlassen und seinen politischen Ehrgeiz aufgeben mußte, auch zu seinem Lebensmittelpunkt, der seinen Ort im Imaginären und dessen Sprachen hatte. Dantes *Commedia* ist nicht die Summe einer gesicherten mittelalterlichen Weltsicht, sondern das Monument einer Sinnkrise. Es ist der am Sinn seines Lebens und der Welt verzweifelnde Dante in der *selva oscura*, dem dunklen Wald, der am Abgrund des Selbstmords stehende Dante, den Virgil in göttlichem Auftrag rettet und zu jener ungeheuerlichen Reise durch Hölle, Purgatorium und himmlisches Paradies auffordert, die ihn die göttliche Ordnung erfahren lassen soll, an der er schon verzweifelt ist. In diesem einen Werk, bis heute dem sprach- und sinnmächtigsten der nachantiken Literatur, hat Dante eine Welt der Gestalten und Mächte vergegenwärtigt, die prinzipiell im Zeichen einer vertikalen, vom niedersten zum höchsten Sein aufstrebenden Ordnung steht, in der die göttliche Liebe sich verkörpert.

Aber in dieser vertikal geordneten Welt gibt es schon gewaltige gegenstrebige Kräfte; sie verdichten sich in der Gestalt des Odysseus, der nach langen Jahren der Welterkundung mit seiner kleinen Schar, an der Säule des Herkules angekommen, statt jetzt endlich heimzukehren, im Augenblick des schon sich wendenden Schiffes den unerhörten Plan faßt, das Schiff noch einmal umzudrehen und sich aufs offene westliche Meer ins absolut Unbekannte zu wagen, und der so beinahe aus eigener Kraft die Insel des irdischen Paradieses erreicht hätte, aus der einst Adam und Eva nach dem Sündenfall vertrieben wurden und die seither keines Menschen Fuß mehr betrat. Von Odysseus ist Dante mehr als von allen anderen Gestalten des *Inferno* fasziniert. Doch steht seine eigene Reise auf dem Meer des Seins, die er mit dem kleinen Schiff seines Geistes unternimmt, im Zeichen einer vertikalen Seinsrichtung, die sich ihm im Vertrauen auf seinen göttlich beauftragten Führer erschließt.

Wenn es richtig ist, was Petrarca in einem Brief an Giovanni Boccaccio schrieb, nachdem dieser ihm ein selbst abgeschriebenes Exemplar der *Commedia* geschenkt hatte (*Familiares*, XXI,15), so ist Petrarca als Kind für einen flüchtigen Augenblick Dante begegnet, als dieser mit seinem Vater zusammentraf, der wie er selbst aus Florenz vertrieben worden war. Im gleichen Brief beteuert Petrarca, wie spät er dem Werk Dantes begegnet sei, dem er sich in seiner Jugend aus der Angst verschlossen habe, einem übermächtigen Einfluß zu verfallen. Tatsächlich hat, wie die Forschung immer mehr ans Licht bringt, Dante das Werk Petrarcas von Anbeginn tief beeinflußt, freilich nicht nur unmittelbar durch Nachahmung, sondern mittelbar durch die bewußte, entschiedene Entgegensetzung, die in der Negation doch das Negierte lebendig hält. Auch Petrarca sah sein Leben im Zeichen jenes ewig forschenden, zu immer neuen Ufern aufbrechenden Odysseus Dantes, dem nicht mehr wie bei Homer und Virgil das von den Göttern verhängte Geschick die Heimkehr verwehrt, sondern der von einer alle Bindungen mißachtenden Lebensneugier, »da divenir del mondo esperto/e de li vizi umani e del valore« (*Inferno* XXVI,28f.), umgetrieben wird.

Petrarca, exilierter Florentiner der zweiten Generation, geboren 1304 in Arezzo, wohin sein Vater, der Notar Ser Petracco, sich mit seiner Frau Eletta Congiani nach seiner Vertreibung aus Florenz im Oktober 1302 geflüchtet hatte, aufgewachsen in der italienischen Enklave von Avignon, wo der Vater am Hof des Papstes ein lukratives Amt als Notar gefunden hatte, ist nirgendwo in seinem Leben ansässig geworden, sondern der ewige Reisende zwischen Italien und Frankreich, zwischen Italien und Europa und zwischen den Städten und Landschaften Italiens selbst geblieben. »Incola ceu nusquam sic sum peregrinus ubique« (*Epistulae metricae* III,19): »Nirgendwo bin ich ansässig, ein Fremder bin ich überall.« Darin faßt sich Petrarcas tiefstes Lebensgefühl zusammen. Fortgehen von Horizont zu Horizont in der Landschaft, im Denken, in der Zeit, das ist seine Leidenschaft. Dantes große imaginäre Weltreise kennt keine Irrungen, sie steht unter dem Gesetz einer vertikalen Seinshierarchie, die in der Dreieinigkeit Gottes ihre höchste Wirklichkeit hat, zu der alle niedrigeren, materielleren und damit auch kontingenteren Wirklichkeiten hinstreben. Der großen Einheit Dantes steht Petrarcas Sinn für das Vielfältige, das Unabschließbare, das Widersprüchliche entgegen. Vielheit, die sich nicht mehr unter ein einheitliches Seinsgesetz bringen läßt, auch nicht mehr unter die Kategorie des Exemplarischen, ist Petrarcas neue Erfahrung, mit der er eine Welt der Vielheit und des Perspektivismus erschafft, die in der Renaissance zu einem immer helleren Bewußtsein ihrer innersten Tendenz kommt. Daß diese neue Hinwendung zu einer Welt im Zeichen der Horizontalität, der Vielheit und des Perspektivismus in einem inneren Zusammenhang mit den modernen Strömungen des philosophischen Nominalismus an den europäischen Universitäten steht, darf zumindest vermutet werden. Petrarca erblickt, wo Dante den einen Berg sieht, die vielen Berge, sein Weg in der Landschaft wie in der Lebenslandschaft ist ein richtungsloses, neugieriges *errare* auf vielen Wegen.

Dem einen großen Werk Dantes, auf das er den größten Teil seines Lebens und seine ganze poetische Leidenschaft verwandte, setzt Petrarca die Vielfalt der Werke, der Gattungen, der Stillagen entgegen, in denen er sich versucht, ohne sich ihnen je gänzlich preiszugeben. Nicht zufällig auch bleibt die überwiegende Zahl seiner Werke Fragment oder wird ein Ganzes aus Fragmenten, wie dies exemplarisch sein größtes Werk, der *Canzoniere*, bezeugt. Indem Petrarca ihm den Titel »Rerum vulgarium fragmenta« gab, erhält das Fragment zugleich erstmals literarische Dignität. Petrarcas vielgestaltiges Werk, das im Zeichen der sich dominant setzenden Erfahrung der Horizontalität steht, zeugt von einem neuen anthropologischen Entwurf, der die Dichtung und das Denken der europäischen Neuzeit in neue Bahnen gelenkt hat. Dem Neuen von Petrarcas Weltzuwendung, seinem Denk- und Lebensstil wird weder die romantische Verklärung gerecht, die in ihm den liebesfrommen Dichter der Laura sehen will, noch die Vorstellung vom ›Vater des Humanismus‹, der sich als erster wieder der Tradition lateinischer Dichtung zugewandt hätte. Nicht nur daß diese keinesfalls abgerissen war und insbesondere im Umkreis der Pariser Universität in Blüte stand, Petrarca ist weit davon entfernt, sich den antiken literarischen Vorlagen einfach zu unterwerfen, er eignet sie sich an, zweifellos auch als ihr Bewunderer, aber unter Voraussetzungen, die allein aus dieser Tradition selbst nicht ableitbar sind, sondern sich nur vor dem Hintergrund der produktiven Auseinandersetzung mit Dante verstehen lassen.

Daß Petrarca in und bei Avignon aufwuchs, daß er hier, bei aller schweifenden Unruhe, die ihn umhertrieb, bis weit über die Mitte seines Lebens hinaus den eigentlichen Lebensmittelpunkt hatte, war für ihn zweifellos ein Glück, auch wenn er selbst dies nicht so sah. In seinen Briefen, aber auch in seinen Gedichten zieht er unerbittlich über das neue Babylon her. Aber nur hier, an diesem Ort, wo nördliche und südliche Welt zusammentrafen, an diesem neuen Mittelpunkt der christlichen Welt zwischen Rom, das nur noch eine Erinnerung war, und Paris, der Hauptstadt Frankreichs und dem Ort der *translatio studii*, der wiederaufgeblühten Wissenschaften, konnte Petrarcas heller Geist die vielfältigen und konträren Anregungen gewinnen, aus denen er sich die geistige Welt erschuf, die ihre Herrschaft über ganz Europa antreten sollte.

Mit zwölf Jahren wurde Petrarca vom Vater zum Studium der Rechte nach Montpellier geschickt, nachdem er zuvor schon in Carpentras, wo die Familie nahe bei Avignon wohnte, bei Convenevole da Prato, einem aus seiner Heimatstadt vertriebenen Notar und begeisterten Ciceronianer, mit dem Lateinischen und mit Cicero vertraut gemacht worden war. Nach Montpellier begleitete ihn Guido Sette, Mitschüler bei Convenevole, mit dem Petrarca in lebenslanger Freundschaft verbunden blieb und der später Erzbischof von Genua werden sollte. Die beiden wurden nach vier in Montpellier verbrachten Jahren 1320 zur Fortsetzung ihres Studiums nach Bologna gesandt, wo ein einjähriger Streik der Studentenschaft den Fortgang des Studiums behinderte. Als 1326 Petrarcas Vater starb – die Mutter war bereits 1318 oder 1319 verstorben –, beendete er das ungeliebte Jurastudium ohne einen förmlichen Abschluß und folgte, durch Erbschaft wohlhabend geworden, aber auch für den drei Jahre jüngeren Bruder Gherardo verantwortlich, ganz seiner Neigung zu literarischen Studien und Bemühungen, die er schon in Bologna begonnen hatte. Aber Petrarca dürfte in dieser Zeit der neuen Unabhängigkeit auch durchaus ein mondänes Leben genossen haben. In einem Brief an den inzwischen ins Zisterzienserkloster eingetretenen Gherardo von 1349 weckt er die Erinnerung an eine Jeunesse dorée mit modischen Kleidern, gepflegter Haartracht und ersten poetischen Versuchen, die umworbenen Damen galten. Am Karfreitag, dem 6. April 1327, will Petrarca zuerst die junge Dame erblickt haben, die den Namen Laura trug oder der er den Namen Laura gab und die fortan im Mittelpunkt seiner Dichtung in italienischer Volkssprache stehen sollte. Inwieweit die poetische Laura-Legende auf Wirklichkeit beruht oder eine Petrarcasche Mystifikation ist, läßt sich schwer entscheiden. Zwar beklagt sich Petrarca in einem Brief an Giovanni Colonna von 1336, daß dieser ihm unterstelle, Laura sei nur eine Fiktion, und beteuert das Gegenteil: »Hoc saltem oro me finxisse non fingas« (Nur dies erbitte ich, daß Du nicht erdichtest, ich hätte erdichtet), aber ebendieser Brief ist vermutlich selbst eine von Petrarca später bei der Herausgabe des Briefwechsels eingefügte Fiktion. Wie genau auch immer Petrarcas biographische Angaben zu nehmen sind, sie stehen im Dienst einer Stilisierung und Selbststilisierung, die er immer bewußter betreibt und mit der er sich gleichsam selbst erdichtet.

Schon in seiner Bologneser Studienzeit lernte Petrarca Giacomo Colonna kennen und freundete sich nicht nur mit ihm an, sondern trat in seinen Dienst oder vielmehr in den Dienst seines Vaters, des mächtigen römischen Senators Stefano Colonna. Petrarca hat diese Verbindung sorgfältig gepflegt. Ihr verdankt er schließlich seit 1334, nachdem er den zum Erzbischof von Lombez ernannten Giacomo Colonna dorthin begleitet hatte, eine Anstellung als »capellanus continuus commensalis«, faktisch eine Sekretärsstelle, bei Giacomos Bruder, dem Kardinal Giovanni Colonna. Bis 1347 versah er dieses Amt, das keine schwere Bürde gewesen sein dürfte, vielmehr Petrarca alle Freiheit ließ, eigenen Interessen nachzugehen. So war es ihm möglich, 1333 eine Reise durch Frankreich und Deutschland zu unternehmen, die sich einzig seiner Neugierde verdankt, »a divenir del mondo esperto e de li vizi umani e del valore« (der Welt kundig zu werden und der Laster der Menschen und ihrer Tugend), wie Dante im 26. Gesang des *Inferno* seinen Odysseus von sich sagen läßt. Er berichtet davon in zwei lebendigen, geistreichen Briefen an den Kardinal, die in das erste Buch der

Familiares, Petrarcas Sammlung seiner Briefe an die Freunde, Eingang fanden und sicher für diesen Zweck noch weiter überarbeitet wurden.

Der Anfang des ersten Briefs, der auf den 21. Juni datiert ist, ist ein ganzes Manifest Petrarcascher Weltneugierde: »Wie Du schon weißt, habe ich, ohne irgendein Geschäft zu betreiben und einzig von der Lust und dem jugendlichen Eifer des Schauens getrieben, ganz Frankreich durchquert. Schließlich erreichte ich Deutschland und die Ufer des Rheins, wo ich aufmerksam die Sitten der Menschen betrachtete und mich am Anblick der unbekannten Erde ergötzte und dabei einzelnes mit dem unsrigen verglich.« (*Fam.* I,4) Mit besonderer Neugier aber nähert Petrarca sich Paris, der Hauptstadt der modernen Welt des Wissens, die Rom abgelöst zu haben beansprucht: »So war ich gespannt und beschaute alles mit neu erwecktem Staunen, begierig zu sehen und zu erforschen (›videndi cupidus explorandique‹), ob wahr sei oder erfunden, was ich von dieser Stadt gehört hatte, worüber ich nicht wenig Zeit verbrachte, und wenn mir bei der Arbeit das Licht fehlte, so gab ich auch die Nacht daran.« Bis zum Ende seines Lebens wird Petrarca sich immer wieder mit Paris, dem modernen Rom, auseinandersetzen und es kritisch dem wahren Rom entgegenhalten. Am Ende des Briefs steht die unterhaltsame, nicht ohne politische Hintergedanken erzählte Schnurre von Kaiser Karl, dem man wie Pompejus und Alexander den Namen der Große zu geben wagt und der, von einer wahnwitzigen Leidenschaft erfaßt, sich in den Sümpfen vor Aachen an dem verwesenden Leichnam seiner Geliebten, einer gewesenen Prostituierten, ergötzt habe.

Der am 9. August aus Lyon nachfolgende Brief berichtet von Petrarcas Weiterreise an den Rhein, wo er in Köln, der alten Römerstadt, verweilt und Zeuge eines »insigne spectaculum«, eines höchst erstaunlichen Schauspiels, wird. Er sieht von einer Anhöhe aus eine Prozession der Kölner Frauen, deren Anmut und Schönheit ihm bemerkenswert erscheinen, ebenso wie die Bildung seiner Kölner Freunde, die ihm den Brauch erklären und deren Ovid-Kenntnis er ebenso rühmt wie ihre eigene dichterische Begabung: »Docta quod argutos aluit Germania vates« (das gelehrte

Deutschland, das geistreiche Dichter nährte). So findet Petrarca eine fremde Welt, die dennoch an der eigenen romanischen Tradition teilhat. Beim Beschreiben seiner Gänge durch die Stadt mit ihren römischen Erinnerungen kommt Petrarca vom Hundertsten ins Tausendste, und dies ist Anlaß, die freiere, offenere Form des Briefs vom strenger komponierten Buch zu unterscheiden: »Quodsi omnino videri volumus, ostentemus nos in libris, in epystolis colloquamur.« (Denn wenn wir uns darstellen wollen, wählen wir das Buch, im Brief sprechen wir miteinander.)

Ein weiterer Brief des schon auf der Heimreise befindlichen Petrarca richtet sich an Giacomo Colonna, der ihm angeboten hatte, ihn auf seiner Reise nach Rom zu begleiten, und der, ohne auf Petrarca zu warten, schon abgereist war, wohl in der Annahme, er könne Petrarca keine weitere Reise mehr zumuten. Aber, wirft ihm Petrarca vor, wie könne er daran zweifeln, daß er, der »einzig um der Süßigkeit des Sehens willen bis in die unbekannten barbarischen Länder vorgedrungen sei, nach Italien nicht von einer schönen Notwendigkeit geführt worden wäre«? (Sola videndi dulcedo per ignotam me barbariem circumducit, per Italiam – credo – pulcra necessitas non duxisset?) (*Fam.* I,6)

Zwei Jahre später, Ende 1336, gewährt ihm Kardinal Giovanni Colonna endlich die ersehnte Reise nach Rom. Petrarca erreicht die Stadt nur mit Hindernissen, und die Zeugnisse dieser ersten Begegnung mit dieser Stadt, die so sehr der Mittelpunkt seiner Hoffnungen auf Wiedergeburt des alten Imperiums werden sollte, sind eher spärlich, als habe ihm die Übermächtigkeit der Reliquien der Stadt die Sprache verschlagen. Dafür berichtet er in zwei unmittelbar vorhergehenden Briefen an Giovanni von der Schönheit der Romagna mit der Erinnerungsgesättigtheit der Landschaft. Petrarca weiß sich nahe dem Soracte, dessen Schönheit einst Horaz besungen hatte und wo Papst Silvander lebte. Bei jedem Schritt eröffnet sich eine andere Erinnerung an die Antike und ihre Dichtung. Die offene Landschaft wird dem Betrachtenden zum genossenen Schauspiel: »Hinc illinc colles in numeri, altitudine nec accessu difficili et expedita prospectui.« (Überall umher unzählige Berge von geringer Höhe mit leichtem Zugang, die den

Blick nicht verstellen.) Hier geht er einher, im Anblick der geschichtsträchtigen Landschaft darüber nachsinnend, wie er selbst sich ins Gedächtnis der Nachwelt einschreiben könnte: »Cum saepe per hos colles vagum vides atque aliquid quod posteritatum mihi conciliet, assidue meditantem.« (*Fam.* II,12)

Dieser Landschaftsbeschreibung geht eine andere voraus, die früher datiert ist, aber an späterer Stelle der *Familiares* als Einleitungsbrief des vierten Buchs ihren Ort hat, der denkwürdige Bericht an Dionigi di Borgo San Sepolcro vom 26. April 1336 über seine Besteigung des in der Nähe seiner Heimatstadt Carpentras gelegenen Mont Ventoux. Daß Petrarca es mit der Datierung des Briefs auf den Tag des Aufstiegs selbst nicht allzu genau genommen hat, wird man annehmen dürfen; daß der Brief eine späte Fälschung sei, wie der Petrarca-Forscher Billanovich behauptet und wie ihm allzu schnell nachgeredet wurde, bedürfte stärkerer Argumente, als bisher angeführt wurden, und bei der Preisfrage, ob Petrarca ›wirklich‹ auf dem Berg war, dürfte wohl nicht außer acht gelassen werden, daß der reiseerfahrene Petrarca, wie er selbst einmal stolz feststellt, sehr viel ausdauernder im Ertragen von Strapazen war, als dem Literaten zuzutrauen sei. Schon in I,6 verweist Petrarca auf seine körperliche Tüchtigkeit, die er bereits beim Durchqueren der Pyrenäen mit Giacomo Colonna unter Beweis gestellt habe: »Tu vero quotidie mirabaris unde ea laborum patientia, in literarum otio michi nato ac nutrito, presertim cum et anni tempus esset adversum et vepricosum iter et inculta regio ...« (Du warst jeden Tag erstaunt, woher mir, der ich in der Muße des Bücherstudiums geboren und aufgezogen war, die Ausdauer in der Bewältigung aller Mühen kam, zumal da die Jahreszeit widrig, der Weg dornig und die Gegend wild und abweisend war.) In der Geschichte der Petrarcaschen Selbstinszenierung ist sein Brief über die Besteigung des Mont Ventoux ein mächtiger Einsatzpunkt. Wie der Dantesche Odysseus begibt Petrarca sich ins Kraftfeld einer neuen unvordenklichen Erfahrung, die ihn tief mit sich selbst entzweien wird, ohne daß dies den neu erschlossenen Weltzugang dementiert.

Der erste Satz des Briefs an Dionigi di Borgo San Sepolcro, den theologischen Freund aus Paris, der ihm eine Handausgabe der Augustinischen *Confessiones* geschenkt hatte, ist ein Rückblick auf das Erlebnis des gerade vergangenen Tages, der seine Denkwürdigkeit in einer großen sprachlichen Geste zusammenfaßt: »Am heutigen Tag bestieg ich, allein von der Begierde angetrieben, die gewaltige Höhe des Orts zu sehen, den höchsten Berg dieser Gegend, den man nicht zu Unrecht Windberg nennt.« Petrarca hat vollbracht, was er schon lange Jahre im Sinn hatte, den unzugänglichen Ort, der ihm in seiner Kindheit und Jugend am Horizont immer vor Augen war, seiner mythischen Ferne zu entkleiden. Entscheidend für den Entschluß, den schon lange gefaßten Plan endlich in die Wirklichkeit umzusetzen, war, wie Petrarca sodann berichtet, die Lektüre bei Livius von Philipp von Mazedonien, der auf den Berg Hamon gestiegen sei, von dem man angeblich – Livius bleibt skeptisch – zwei Meere habe sehen können. Was Philipp vielleicht mißlang, was er vielleicht auch gar nicht beabsichtigte, wird zur Herausforderung für seinen jungen Leser, der nach einer großen Geste der Selbsterfahrung sucht.

Schon der Anfang des Briefs gibt dem Unternehmen eine zweifache Folie: die des Danteschen Odysseus, der zu noch unerschlossenen Wirklichkeiten vordringt, und die Augustins, in dessen *Confessiones* die *voluptas oculorum*, die Weltverfallenheit in der Lust der Augen, zur größten Gefährdung für das christliche Seelenheil wird. Augustins negativ besetzter *voluptas oculorum* setzt Petrarca mit Dantes weltverfallenem Odysseus den tieferen Genuß der *cupiditas videndi* entgegen, die ihn schon bei seinen Reisen nach Paris und Rom angetrieben hatte. Petrarca berichtet von der Entscheidung bei der Wahl des Begleiters, die auf den eigenen Bruder fällt, von dem wir wissen, daß er Zisterziensermönch wurde, dann von der Festsetzung des Tages und dem gemeinsamen Aufstieg von Malaucène aus. Wie die Säulen des Herkules bei der Fahrt des Odysseus nach Westen einen Haltepunkt bedeuten, an dem eine Rückkehr noch möglich wäre, ehe die Reise ins verbotene *nec plus ultra* beginnt, so ist die Begegnung mit dem alten Hirten, der die Wanderer eindringlich warnt, noch weiter hinaufzusteigen, ein Markierungspunkt, der dem Aufstieg in die unbetretene Einsamkeit seine Dramatik gibt. Jetzt beginnt der schwere Teil des Aufstiegs, der in dem Maße, wie er sich verlangsamt, zum Anlaß der Selbstbetrachtung wird, welche den realen Aufstieg allegorisiert und zugleich in ein allegorisches Schema der Anschauung überführt. Der Aufstieg wird zum mühseligen *accessus ad beatam vitam* und erscheint damit in einem Danteschen Anschauungsschema, dem des mühseligen Aufstiegs auf den Läuterungsberg bis zum Paradiso terrestre. Das glückselige Leben hat seinen Ort auf der höchsten Höhe des Berges, dazwischen aber muß der Gang von Berg zu Berg höher führen: »Viele Anhöhen liegen dazwischen, und von Tugend zu Tugend muß der Gang in immer lichtere Gefilde fortgehen. Auf dem Gipfel ist das Ende und das Ziel des Lebens erreicht, zu dem unsere Lebensreise uns bestimmt.« Die unmittelbare sinnliche Erfahrung treibt den Gang der Reflexion voran. Die Erfahrung des widrigen, Umwege erfordernden Aufstiegs nötigt zur Einsicht, daß auch der moralische Aufstieg voller Widerstände ist, ja, daß das Voranschreiten von Berg zu Berg zu einem Irrgang werden kann.

Schließlich ist der Vater der Berge mit seiner Hochfläche erreicht, und ehe Petrarca seinen Empfindungen dieses Augenblicks und seinen Erfahrungen Raum gibt, wendet er sich erst noch einmal seinem Adressaten Dionigi zu und bittet ihn (und so den Leser) um ungeteilte Aufmerksamkeit für seinen unerhörten Bericht, der doch nichts an ungewöhnlichen Ereignissen mitzuteilen hat. Das Unerhörte liegt nicht in der Welt der Taten und Ereignisse, sondern der Taten der Wahrnehmung, der Akte der Aufmerksamkeit. Es folgt der Satz, der die erste gewaltige Erschütterung dieses Augenblicks festhält und dessen Nachhall in der europäischen Geschichte der Weltwahrnehmung gewaltig sein sollte: »Zuallererst von der ungewohnten Bewegung der Luft und von dem weit sich darbietenden Schauspiel bewegt, stand ich wie einer, der seines Staunens kaum mehr mächtig ist.« Dies ist der erste Augenblick einer überraschenden Erfahrung von radikaler Unvorhersehbarkeit. Der Blick nach unten macht die sich darbietende Welt zum Schauspiel. Der Horizont ist zum Ort geworden, von dem aus neue und weite Horizonte sich eröffnen. So ist die

Höhe des Berges nicht mehr wie bei Livius oder in der christlichen Tradition des Aufstiegs auf den Berg ein Ort, wo der Blick sich nach oben lenkt, um der größeren Nähe zu Gott inne zu sein, sondern, nach unten gerichtet, sich die Horizontalität der wirklichen Welt erschließt. Der Blick setzt sich im imaginären Blick fort, dem das ferne und ersehnte Italien vor Augen zu stehen scheint. Aber wieder wird das, was die Augen erfassen, zum Anlaß der nach innen gerichteten Reflexion. Der Blick in die Ferne wird zum inneren Blick auf die vergangene Zeit, seit Petrarca das Studium in Bologna aufgab und nach dem eigenen Lebensweg suchte.

Aber die Situation ist trügerisch. Petrarca kann noch nicht wie Augustin, dessen rückblickende Betrachtung in den *Confessiones* in seinem Gedächtnis lebendig wird, auf eine schon abgeschlossene Lebensphase zurückblicken. In einer Sprache der immer tiefer dringenden Selbsterforschung, die bis in den Sprachduktus Augustins *Confessiones* folgt, stellt er sich dar in einer tiefen Lebensunschlüssigkeit, in der er dem Genuß der diesseitigen Welt entsagen will und doch ohnmächtig ist, sich diesem Willen zu unterwerfen. Weltgenuß und Weltverzicht stehen sich unmittelbar entgegen: »Ich genoß meinen Aufstieg, ich beweinte meine Unvollkommenheit und beklagte die Wechselhaftigkeit der menschlichen Taten.« Aber dann drängt Petrarca erneut alle Sorgen zurück und gibt sich noch einmal, während sich schon der Abend meldet und die Zeit kostbar wird, ganz dem Genuß des emphatischen Schauspiels hin: »ut respicerem et viderem quae visurus advenerem« (um erneut zu betrachten [das Verb selbst kehrt *erneut* wieder] und zu sehen, was zu sehen ich gekommen war). Dann wendet Petrarca sich nach Norden und Westen und schaut, so weit das Auge reicht, er erschaut Spanien, sieht zu seinen Füßen die Rhône und Aigues-Mortes und überschaut, wozu es Tagesreisen bräuchte, um dorthin zu kommen. Erst jetzt kommt es Petrarca in den Sinn, zur Erhebung nicht nur der Sinne, sondern der Seele zu dem mitgenommenen Band der Augustinischen *Confessiones* zu greifen, die ein Geschenk Dionigis sind. Der Blick in Augustins *Bekenntnisse* scheint eine dramatische Wende. Denn Petrarca glaubt dort einen lebensentscheidenden Satz zu finden, wie Augustin und Ambrosius einst von einem lebenswendenden Satz der Bibel angesprochen wurden. Augustin spricht im achten Buch – und Petrarca, dem Augustin-Leser, mußte der Satz vertraut sein – von den Menschen, die über die Meere ziehen und auf hohe Berge steigen und dabei sich selbst verlieren. Petrarca scheint wie vom Blitz der Einsicht getroffen. Aber ist er es wirklich? »Obstupui« erinnert an das »stupui« beim ersten Blick auf das große Schauspiel der Welt. Petrarca, erzürnt über sich selbst, schließt das Buch, und der schweigende Abstieg beginnt. Doch hält der Satz, mit dem der Absatz beginnt, noch einmal den genossenen Anblick fest: »Dann, beglückt darüber, so lange gesehen zu haben, wandte ich meine Augen in mich selbst.« Auf dem schweigsamen Rückweg bedenkt Petrarca den Satz, der einst Augustin aus seinem gewohnten Leben riß, und sinnt darüber nach, wie das menschliche Leben sich an die Vielfalt der Schauspiele verliert (erneut erscheint hier Augustins Begriff der *spectacula*). Aber auch jetzt kann Petrarca nicht den Blick von dem Berg abwenden, nach dem er sich immer wieder umdreht. Und als er, mit Bruder und Dienern spät in der Herberge angekommen, noch die Ereignisse des Tages niederschreibt, bleibt vor allem der Triumph der unerhörten Tat, mit der der erste Satz des Briefs an Dionigi einsetzt.

Mit seiner Besteigung des Mont Ventoux und deren Niederschrift hat Petrarca in einer großen Geste die Innerweltlichkeit entdeckt. Petrarca ist sich der Erfahrungsdimension vollkommen bewußt und arbeitet mit großer Kunst der Darstellung das Geschichtlich-Dramatische des Augenblicks heraus, dessen Sinnmächtigkeit ganz außerhalb eines konkreten Handlungszusammenhangs steht. Die Handlung selbst, die Besteigung des Bergs, ist ein purer *acte gratuit*, der seine Bedeutung erst durch die symbolischen kognitiven Akte erhält, die sich mit ihm verbinden. Vor allem gewinnt der Akt der Grenzüberschreitung seine Bedeutung erst vor dem Hintergrund der Texte und der mit ihm verbundenen Erfahrungshorizonte, die er aufruft: Dantes *Commedia* ist gegenwärtig in der Erinnerung an die Grenzüberschreitung des weltneugierigen Odysseus, aber ebenso in der Erinnerung des mühseligen Aufstiegs im *Purgatorio* auf den Monte Dilettoso zum irdischen Paradies. Von unmittelbarer Relevanz ist auch die Kontrastfolie des von Livius berichteten Aufstiegs von König Philipp von Mazedonien, der einzig aus strategischen, herrscherlich-praktischen Motiven heraus den Aufstieg unternimmt, der ihm schließlich dennoch den Blick nach unten versagt. Wichtiger aber ist die alles beherrschende Gegenwart Augustins. Daß Augustin gleichsam als korrigierende Gegeninstanz eine so zentrale Bedeutung gewinnt, ist gewiß nicht ohne Zusammenhang mit dem Umstand, daß Petrarca den Codex der *Confessiones*, den er auf dem Gipfel des Bergs aufschlägt, als Geschenk ebenjenem Pariser Theologieprofessor Dionigi di Borgo San Sepolcro verdankt, an den der Brief gerichtet ist. Es liegt nahe, hier eine Hommage für den hochherzigen Bücherspender zu sehen. Petrarca zeigt in seinem Brief, daß er gelernt hat, Augustin mit Gewinn für sich zu gebrauchen. Das erste Augustin-Zitat zeigt, daß Petrarca seinen Augustin schon auswendig kennt. Dagegen hat das Öffnen des Bandes auf dem Gipfel des Mont Ventoux eine ganz andere Dramatik der Präsenz. Petrarca schlägt nicht bei Augustin nach; indem er dem Zufall die Initiative überläßt, bringt er gleichsam Augustin selbst zu Wort, und dieses Wort trifft ihn ins Innerste.

Ins Innerste? Dies ist nicht sicher. Zwar gibt es einen genauen Parallelismus zwischen dem Augustin, der nach seinem eigenen Bericht im Augenblick der tiefsten religiösen Verzweiflung eine Stimme vernahm, die ihm zurief: »Nimm und lies«, so daß er die Bibel öffnet und auf den Satz trifft, der sein Leben ändern wird (*Conf.* VIII,12). Bei Petrarca freilich, der die Augustinschen *Bekenntnisse* öffnet und dort auf den Satz von den Menschen stößt, die sich der Welt öffnen und dabei ihre eigene Seele vergessen, kann dieser Satz zwar im Anblick der sich bis an die fernsten Horizonte erstreckenden Landschaft Betroffenheit wecken, aber er hat nicht die Kraft, Petrarcas Leben zu ändern. Schon in Petrarcas Brief selbst scheint der genossene Anblick unwiderruflich. In der Wiederholung von Augustins Geste scheint sie zum bloßen Reflexionsmoment depotenziert. Die Begegnung mit Augustin kann ihn der eigenen Weltverfallenheit nicht entreißen. Sie wird nicht zum Entscheidungsmoment in einer Lebenskontinuität, sondern bleibt Moment einer gelebten, in Widersprüchen sich verstehenden Lebensvielfalt. Dem entspricht die Form des Briefs unter Briefen. Petrarca wird auch fortan den Zauber der offenen, sich dem Auge darbietenden Weltlandschaft suchen. Noch einmal hat Petrarca in seinem Dialog über seine geheimen Sorgen (»De secreto curarum mearum«) eine imaginäre Begegnung mit Augustin dargestellt. Auch der imaginäre Augustin des *Secretum* drängt Petrarca zur Absage von der Welt und zur Einkehr in sich selbst. Und auch dort ist Petrarcas letztes Wort, daß er der Faszination der Welt und des literarischen Ruhms nicht entsagen kann: »Sed desiderium frenare non valeo.«

Petrarcas Brief am Eingang des vierten Buchs der *Familiares* ist ein erstes großes Zeugnis von Petrarcas Selbststilisierung als einem Willen zum Selbst, der sein Projekt groß anlegt und es im gesellschaftlichen Raum durch eine nur genial zu nennende Diplomatie der Selbstbehauptung verwirklicht. Schon der Dante der *Divina Commedia* ist nicht einfach das Sprachrohr einer Vision, sondern eine vielfältig beleuchtete, aus ihren Widersprüchen lebende Gestalt, in die sich der wirkliche Dante Alighieri projiziert. Petrarca lebt seine eigene Projektion, macht sein vielfältiges Werk zum zentralen Moment einer Lebensverwirklichung, wie umgekehrt dieser Lebensentwurf in alle seine Werke eingeht und ihnen ihre subjektive Signatur gibt. So ist auch der Petrarca des *ascensus* nicht mehr eine allegorisch durchsichtige Gestalt, sondern von vornherein schon eine programmierte Rolle des Selbstentwurfs. Petrarca faßt das Projekt dieses Aufstiegs von vornherein schon unter dem Projekt einer Realallegorie, in der das Ich nicht mehr Funktion der Allegorie, sondern die Allegorie Funktion eines den mittelalterlich-allegorischen Kosmos überschreitenden Ich ist. Dieses wird sich selbst immer im Horizont einer offenen, vielfältigen Welt begreifen, in der an die Stelle der Danteschen Vertikalität, des Aufstiegs »di monte in monte«, die Horizontalität einer keinen Zielpunkt mehr erreichenden Bewegung »di pensier in pensier, di monte in monte« (Von Gedanken zu Gedanken, von Berg zu Berg; Canzone 127) tritt, in der die Vielfalt der Welt und die Vielfalt der Reflexion zu keinem endgültigen und gerichteten Ruhepunkt mehr kommen können.

Im Juni 1337 zieht Petrarca in die schöne Einsamkeit von Vaucluse, die durch die mächtige Quelle der Sorgue nobilitiert ist, die dort aus dem Fels hervorbricht und die bereits Plinius als ein Naturwunder bekannt war. Die Wahl des Orts dürfte durch diese literarische Reminiszenz wesentlich mitbedingt gewesen sein. Petrarca selbst besaß einen Codex der *Historia naturalis* von Plinius, in den er mit eigener Hand eine Zeichnung der Landschaft von Vaucluse einfügte und diese mit der Unterschrift »Solitudo mea iocundissima« versah. Die Einsamkeit freilich liegt nicht weit vom Zentrum der Welt. Es bedarf der betriebsamen Stadt, damit der Auszug in die – nahe gelegene – Einsamkeit zur Nachricht wird. Petrarcas Rückzug in die Einsamkeit von Vaucluse ist der eigentliche Beginn seiner poetischen Existenz oder seiner Existenz als Dichter. In einem späten Brief an seinen Jugendfreund Guido Sette, der Bischof von Genua geworden war (und der verstarb, ehe der Brief ihn erreichte), hat Petrarca das Glück seines Lebens in Vaucluse beschworen, mit dem er sich einen Traum erfüllt habe, der ihm schon in früher Jugend gekommen sei, als sie beide zusammen mit dessen Onkel den Ort besuchten: »Als wir an die Quelle gekommen waren (ich erinnere mich nämlich dessen, als ob es am heutigen Tage gewesen wäre), da sagte ich, berührt von dem ungewohnten Zauber des Orts, zu mir selbst, wie ich es damals in meinen jugendlichen Träumereien vermochte: ›Dies ist ein Ort, der ganz nach meiner Natur geschaffen ist und den ich, wenn es sich einmal fügen möchte, den glänzendsten Städten vorziehen will.‹« (*Sen.* X,2)

Petrarca beginnt die meisten poetischen und literarischen Projekte in der Zeit von Juni 1337 bis zu seinem Aufbruch nach Neapel und Rom, wo die Dichterkrönung auf dem Kapitol am 8. April 1341 seine poetische Laufbahn glanzvoll bestätigt. Schon vor dem Auszug nach Vaucluse – die Einöde liegt so nahe bei Avignon, daß Petrarca wohl auch weiterhin ohne Beschwerlichkeit seinen dienstlichen Verpflichtungen beim Kardinal Colonna nachkommen konnte, die er erst 1348 löste – hatte Petrarca sich wohl mit ersten

Liebesgedichten versucht, die den Grundstock des *Canzoniere* bilden sollten, der in Jahrzehnten entstehenden, erst langsam ihre kompositionelle Ordnung findenden Gedichtsammlung, die er selbst »Rerum vulgarium fragmenta«, Bruchstücke in der Volkssprache, nannte. Auch die ersten Briefe, die später in die Briefsammlung der *Familiares*, der vertrauten Briefe an seine Freunde, eingingen, entstanden in den Jahren zwischen der Rückkehr aus Bologna und dem Rückzug vom lärmenden Stadtleben des neuen Babylon. Begonnen hatte Petrarca auch schon eine Sammlung bezaubernder metrischer Briefgedichte aus dem Geist der Horazschen Satiren. Alle drei Sammlungen erfahren in Vaucluse eine wesentliche Bereicherung. Petrarca, auf der Suche nach seiner poetischen Identität, schreibt in vielen Rollen und Masken. Petrarca, der weltflüchtige Dichterphilosoph, unterschreibt jetzt seine Freundesbriefe »Ad fontes Sorgiae«, am Quell der Sorgue. In seinen metrischen Episteln beschwört er den Zauber seiner freien, ganz dem Musendienst hingegebenen Existenz. So gibt die Versepistel an Giacomo Colonna, den Bischof von Lombez, Auskunft über Petrarcas Tageslauf in Vaucluse, über das Glück des freien Verkehrs mit den Musen und den Schmerz der neu aufbrechenden Liebesleidenschaft, die den Dichter hinaus in die offene Landschaft treibt, wo dem von der Einsamkeit Erregten das Bild der Geliebten überall entgegenzutreten scheint. Der einfache Tageslauf wird unterbrochen durch von fern kommende Briefe und insbesondere die Lektüre der Bücher der großen Autoren der Vergangenheit, die Petrarca als leidenschaftlicher Büchersammler hier zusammengetragen hat.

Das Studium der römischen Geschichte, vor allem des Livius, inspiriert ihn zu einer Sammlung von Viten der römischen Heroen, von Romulus bis Titus. Aber zugleich nährte dies Studium seinen Sinn für den unveräußerlichen Auftrag Roms, politischer und spiritueller Mittelpunkt der Welt zu sein. Immer mehr wächst in ihm zugleich die Überzeugung, daß die Überführung des Papstsitzes von Rom nach Avignon ein Akt der geschichtlichen Illegitimität sei, und er fordert Benedikt XII., der 1334 Papst geworden war, in zwei poetischen Episteln leidenschaftlich auf, in das verlassene, unglückliche Rom zurückzukehren. Während der erste als eine flehentliche Bittrede in den Mund der Roma aeterna selbst gelegt ist, spricht im zweiten Brief Petrarca selbst und beschwört die ewige, von keiner anderen Stadt im Erdkreis übertreffbare Größe Roms, die wiederzuerwecken Benedikts große Aufgabe sei. Bis zu seinem Lebensende wird Petrarca nicht müde werden, den rasch wechselnden Päpsten diese Botschaft immer wieder zu verkünden.

Aber aus der Beschäftigung und inneren Identifikation mit Roms Größe, seinem Niedergang und seiner ersehnten Wiedergeburt entspringt auch das große poetische Projekt, mit dem Petrarca lange Zeit seine Identität als Dichter verknüpfte, sein Epos *Africa*, das dem Andenken des großen Römers Scipio Africanus gewidmet ist, der durch seinen Sieg über Hannibal Rom endgültig zur Weltmacht erhob, aber zugleich Robert von Anjou in der Einleitung und am Ende des Werks als neuen Herrscher über die römische Welt feiert. Während der Anfang des Epos aber noch dem lebenden Robert gilt, gedenkt das Ende des jetzt verstorbenen Königs. Wenn das Werk die Geschichte des triumphierenden Rom mit der Vision seines Niedergangs verknüpft, so doch auch mit seiner Wiedererstellung, zu deren Prophet einst am Ende einer Nacht der Jahrhunderte ein Dichter mit Namen Franciscus werden wird. Dient dieses Werk dem Ruhm Scipios und Roberts von Anjou, so vielleicht noch mehr dem eigenen Ruhm als Verkünder des neuen Rom. Petrarca sieht sich selbst als den Begründer einer wiedergeborenen lateinischen Dichtung von höchstem poetischen Anspruch. Aber mit seinem Epos, dem es nie gelingt, wie Dantes *Commedia*, sich von seinem Urheber zur Eigenständigkeit einer großen narrativen, poetisch in sich ruhenden Figur abzulösen, verfolgt Petrarca noch einen präziseren Zweck als seine Selbstbehauptung als Dichter. Die Arbeit an *Africa* steht von vornherein unter der Absicht, sich damit öffentliche Anerkennung zu erwerben. Sein Traum ist die Dichterkrönung in Rom auf dem Kapitol. Mit außerordentlichem diplomatischen Geschick hat er der Verwirklichung dieses Traums vorgearbeitet.

Eine Schlüsselfigur ist hier wiederum Dionigi di Borgo San Sepolcro, der 1339 als Hofkaplan an den Hof Roberts zog. Dionigi sollte es obliegen, den kunst- und literatursinnigen Robert auf Petrarca aufmerksam zu machen, und wohl auch, ihm Petrarcas Wunsch nach seiner *laureatio*, seiner Dichterkrönung in Rom, zu übermitteln, das nach dem Auszug der Päpste in Roberts Machtbereich lag. Eine erste Vorleistung dafür ist wohl die metrische Epistel an Dionigi über Roberts Besuch von Vaucluse (*Ep. met.* I,4). Daß diese Robert selbst erreichte und in seinem literarischen Kreis zirkulierte, bezeugt eine Aufzeichnung im *Zibaldone* Boccaccios, der zu dieser Zeit in Neapel als literaturbegeisterter junger Florentiner Kaufmann lebte und für den die Epistel wohl die früheste Begegnung mit dem späteren Freund werden sollte. Im zweiten Brief des vierten Buchs der *Familiares* gratuliert Petrarca Dionigi zum Ruf nach Neapel, und schon der darauffolgende Brief ist ein Brief an Robert, in dem Petrarca zwar seinen Wunsch diplomatisch verschweigt, er sich aber als Meister der Briefrhetorik und in der antiken Literatur bewanderten Schriftsteller darstellt. Petrarca beantwortet mit ihm einen vorausliegenden ersten Brief Roberts, dessen Inhalt uns freilich nicht bekannt ist, der aber, wie sich aus dem Kontext von Petrarcas Antwort entnehmen läßt, mit Petrarca das philosophische Gespräch gesucht haben muß. Nicht ganz ausgeschlossen ist es wohl, daß dieser Brief, wenn es ihn denn wirklich gegeben hat, aus der Feder von Dionigi selbst stammen könnte. Schon der darauffolgende Brief an Giovanni Colonna (*Fam.* IV,4) zeigt den Erfolg von Petrarcas Demarchen: Er habe am selben Tag – o Wunder! – von König Robert und dem Kanzler der Pariser Universität die Einladung zur Dichterkrönung erhalten und bedürfe jetzt des Rats. Sollte die Ankunft der beiden Briefe zur selben Zeit den Tatsachen entsprechen, wäre Petrarcas geniales Timing zu bewundern, denn zweifellos ist er es selbst, der das Wunder mit klugen diplomatischen Demarchen vorbereitet und eingeleitet hat. Von da ab hat Petrarca alle Schritte bis zu seiner feierlichen Dichterkrönung in Rom in allen wesentlichen Momenten belegt.

Zuerst preist Petrarca überschwenglich Giovanni Colonnas Rat, der Dichterkrönung in Paris die in Rom vorzuziehen (*Fam.* IV,5). In einer großen Geste bedeutet dies die Entscheidung gegen die

Kapitale der modernen *translatio studii* und für die kulturelle Autorität der alten Hauptstadt des römischen Imperiums. Dann wird auch Giacomo Colonna von dem bevorstehenden Ereignis in Kenntnis gesetzt (*Fam.* IV,6). Im folgenden Brief an Robert, jetzt schon nach der Krönung, rühmt er dessen großen Sinn für die freien Künste, der ihn bewegt habe, Petrarca mit dem Lorbeer auszuzeichnen, und im nächsten Brief an Barbato Sulmona, Roberts Kanzler, berichtet er stolz von dem großen Augenblick: »An den Iden des April im Jahre 1341 unserer Zeitrechnung vollzog sich auf dem römischen Campidolio, unter dem unendlichen Jubel der festlichen Menge, jene Feierlichkeit, die mir zwei Tage zuvor der König in Neapel bewilligt hatte: Orso dell'Anguillara, Graf und Senator, ein Mann von hohem Geist, krönte mich mit dem Lorbeer, nachdem er die königliche Billigung erhalten hatte. Es fehlte die Hand, nicht die Autorität und Majestät des Königs. Alle, nicht nur ich, fühlten ihre Gegenwart.« (*Fam.* IV,8) Gar zu gern wäre Petrarca von Robert selbst gekrönt worden, der wohl andere Sorgen hatte. Aber auch sein Beauftragter, Giovanni Barilli, traf nicht rechtzeitig ein, weil er, wie Petrarca berichtet, in die Hände von Räubern geraten war. So sprang im letzten Moment der Senator ein, dessen Gast Petrarca bei seiner Romreise 1336 gewesen war. In einer metrischen Epistel an den unterwegs abhanden gekommenen Barilli (*Ep. met.* II,1) erzählt Petrarca in poetischer Ausschmückung die Umstände des Wartens, dann, daß Orso, schon fast als Senator abberufen, die Krönung noch am Ostersonntag vornahm, dem letzten Tag seiner Amtszeit. Wir erfahren, daß Petrarca bei der Feier angetan ist mit dem Purpurmantel des Königs, den dieser ihm als Geschenk überlassen hatte. Petrarca schließt mit der Bitte, Barilli möge ihn beim König empfehlen, und bekräftigt, daß er ihm sein Epos *Africa* zugedacht habe. In der Tat ist das Epos nicht nur Robert gewidmet, Petrarca stellt Robert am Anfang ein eigenes Epos in Aussicht, das dem Ruhm seiner eigenen Taten gewidmet sein soll. Daraus wurde aber schließlich nur, nach Roberts Tod, eine zweiteilige Grabinschrift, für deren Kürze Petrarca sich entschuldigt (*Ep. met.* II,8,9).

Noch an anderer Stelle bezeugt Petrarca, wie sehr ihm die Dichterkrönung am Herzen lag und welchen hohen symbolischen Wert er ihr beimaß. In seinem bis 1351 reichenden »Brief an die Nachgeborenen«, einer frühen Künstler- und Intellektuellenautobiographie, erzählt Petrarca von seiner Begegnung mit Robert in Neapel, von ihren Gesprächen und wie der König Petrarca prüfte, ob er der Krönung würdig sei, aber auch, daß Robert selbst, als er ihm seine *Africa* zeigte, darum gebeten habe, sie ihm zu widmen. Daß Petrarca seinen dichterischen Ruhm ganz und gar mit dem Epos verknüpfte, zeigt seine Rede, die er auf dem Kapitol hielt und die ganz von der Vorrangigkeit des Epos über alle anderen poetischen Gattungen bestimmt ist.

Man darf wohl als sicher annehmen, daß Petrarca mit der Dichterkrönung noch weitergehende Absichten verband. Alles spricht dafür, daß er hoffte, durch Fürsprache Dionigis und durch seine persönliche Begegnung mit Robert Hofdichter an dessen Hof zu werden. Seine gesellschaftliche Lage hätte sich damit wesentlich verändert. Sollte Petrarca diese Absicht gehabt haben, so wäre die Laureatio auf dem Kapitol nicht zuletzt ein wohlgelungener Reklamecoup. Petrarcas Darstellung läßt immer wieder durchblicken, daß er es im wesentlichen selbst war, der den feierlichen Akt inszenierte, und daß die daran Beteiligten eher eine gewisse Ratlosigkeit verspürten, zumal Petrarcas poetische Leistungen noch keinesfalls zweifelsfrei waren, da er außer Entwürfen und Projekten noch wenig vorzuweisen hatte. Erneut zeigt Petrarca sich hier als ein Meister der Selbststilisierung, bei der Leben, Lebensentwurf und Fiktion im Sinne der erfindungsreichen Selbstermächtigung Hand in Hand gehen.

Nach der Laureatio blieb Petrarca noch längere Zeit in Rom und widmete sich der Erforschung der Ruinen, die das alte imperiale Rom übriggelassen hatte. Der Brief, den er aus einiger zeitlicher Distanz an den Dominikanermönch Giovanni Colonna schrieb (*Fam.* VI,2), mit dem er die Ruinenstadt durchwandert hatte, ist ein großes Zeugnis von Petrarcas historischem Bewußtsein und eine frühe elegische Beschwörung der Ruinen des alten Rom, die in Europa den Anfangspunkt aller elegischen Rombetrachtung und Ruinenfaszination setzt, an der noch ein François René de

Chateaubriand teilhat. »Und während wir durch die Gemäuer der zerstörten Stadt hindurchgingen und uns dort niederließen, waren uns die Bruchstücke der Ruinen vor Augen.« Petrarca schreibt während einer späteren Reise auf Bitten Giovannis nieder, was ihm von den gemeinsamen Gesprächen und den gemeinsamen Gängen durch die in Ruinen gefallene Stadt vor Augen steht. Der Gang durch die Stadt wird zum Gang durch die schon fern gerückte und vor dem inneren Auge erneut zur Gegenwart werdende Erinnerung. Aus der Erinnerung an die elegischen Spaziergänge ersteht zugleich ein zur Erinnerungsruine werdendes Bild des dahingegangenen antiken wie des christlichen Rom, deren stumme Nähe die Reflexion mächtig bewegt. In der wiedererkennenden Zuschreibung wird die namenlose Ruinenlandschaft zu einer Landschaft der Namen, in denen noch immer die Erinnerung einstiger Taten lebendig ist. So werden beim imaginären Gang durch die erinnerte Landschaft der Erinnerung in einer hingerissenen Reihung emphatischer Augenblicke die Ruinen und die Bruchstücke in den Namen vergegenwärtigter Vergangenheiten zu einer phantastischen Kopräsenz des Erinnerungsraums aufgerufen, der sich des realen Raums der Ruinenstadt bemächtigt. Heidnische und christliche Vergangenheit Roms in ihren großen Momenten verschmelzen zur Einheit der alle Zeiten überragenden Roma aeterna, die sich über ihre Ruinen erhebt. Petrarca erinnert den Freund an die Szenerie dieser Augenblicke: »Wir setzten uns oft, nach der Ermüdung, die uns der Gang durch die unermeßliche Stadt gebracht hatte, an den Diokletianischen Thermen nieder, und manchmal auch bestiegen wir das Dach dieses einstmals großartigen Baus, wo wir die reine Luft, den freien Ausblick, die stille und feierliche Einsamkeit genossen, die nirgends größer sind als hier.« Hier, bei weitem Ausblick auf die dahingesunkene, einstmals ruhmreiche Stadt, wendet das Gespräch sich den großen Dingen zu, der Geschichte des einstigen Rom, aber auch den Fragen der Kunst, der Religion und der Moral. Auch hier führt der Aufstieg zum Ort der weiten Übersicht, der zum Ort der nach innen gekehrten Reflexion wird.

Petrarcas Brief ist ein Gang durch die Erinnerung an einen

Gang durch die grandiosen Überreste des dahingesunkenen alten Rom. Erneut beweist Petrarca hier eine erstaunliche Freiheit und Erfindungskraft des Geistes in der Disposition des Erinnerungstextes. Die Beweglichkeit in der Ordnung des Vielfältigen folgt der Erfahrung des nie zur Ruhe kommenden, die Stadt durchwandernden Peripatetikers, die sich ihrerseits spiegelt in der Erinnerung des Reisenden, der unterwegs zu anderen Orten der Wege durch die verlassene Ruinenstadt gedenkt. Auch dieser Blick kann keine Beständigkeit garantieren, er bleibt flüchtig, ein Moment in der Vielfalt der Momente wie der Blick vom Mont Ventoux.

Von Rom reist Petrarca nach Parma, um dort das ihm verliehene Kanonikat zu übernehmen. Dies ist der Anfang eines Lebens, das sich von jetzt in der doppelten Anziehung durch Italien und die Einsamkeit von Vaucluse bewegen wird. Voll Enthusiasmus macht Petrarca sich an die Vollendung der *Africa*, zu der ihn jetzt die Einsamkeit des nahe bei Parma gelegenen Selvapiana inspiriert. Er bleibt fast ein Jahr in Parma, bevor es ihn wieder nach Vaucluse zieht, wo er an den begonnenen Werken weiterarbeitet.

Der Tod König Roberts am 20. Januar 1343 dürfte für Petrarcas Lebensplanung eine Katastrophe gewesen sein. Mit einem Schlag hatte sein ehrgeiziges Hauptwerk, die *Africa*, ihren Adressaten verloren, und das Projekt eines Wechsels nach Neapel löste sich in Nichts auf. Für Petrarca beginnt damit eine Zeit der Neuorientierung und Selbstinfragestellung, die sich spiegelt im *Secretum*, Petrarcas imaginärem Dialog mit Augustin, wo dieser ihn nicht nur drängt, seiner Liebesleidenschaft abzuschwören und der Einsamkeit von Vaucluse zu entsagen, sondern Petrarca auch den inständigen Rat gibt: »Dimitte *Africa*«, gib deine *Africa* auf. In der Zeit der Suche und Selbstbefragung dürfte in Petrarca allmählich das außerordentliche Projekt gereift sein, seinen höchsten poetischen Ehrgeiz nicht mehr auf ein Epos in lateinischer Sprache zu setzen, zumal ihm wohl auch bewußt werden mußte, daß seine Begabung nicht so sehr die losgelöste epische Narration war, sondern die lyrische Gedankenbewegung des in sich selbst versunkenen Subjekts, wie sie auch in der *Africa* immer wieder zur Darstellung kommt. Dort ist ihre exemplarische Gestalt der Karthager Mago, der, zu Tode verwundet, die italienische Küste entlangsegelt und im Anblick ihrer Schönheit bitter sein nahes Ende und das Scheitern seiner Hoffnungen bedenkt. Ein Probestück elegischer Schreibart, das Petrarca so gelungen schien, daß er es seinen Freunden verschenkte. Von nun an wird sein höchster Ehrgeiz als Poeta laureatus dem lyrischen Werk in der italienischen Volkssprache gelten, das er selbst »Rerum vulgarium fragmenta« nannte und dessen Vollendung ihn bis in die letzten Lebenstage beschäftigte, ohne daß er ihm eine endgültige Form hätte geben können.

Vom Frühjahr 1342 bis zum September 1343 blieb Petrarca vorwiegend in Vaucluse, wo ihn die Nachricht vom Tod Roberts traf. Im September schon reiste er nach Neapel und blieb dort bis Dezember, aber die politischen Wirren nach dem Tod des Königs zerstörten endgültig seine Hoffnungen, in Neapel Fuß fassen zu können, und er kehrte von dort erneut für ein Jahr nach Parma zurück, ehe er sich für weitere zwei Jahre wieder in seine *solitudo iocundissima* von Vaucluse zurückzog und dort in kurzer Zeit seine hochartifiziellen und allegorisch gelehrten *Bucolica* und die großen Traktate über das einsame Leben und die religiöse Muße verfaßte. Während *De otio religioso* sich an seinen Bruder wendet, der Kartäusermönch geworden war, ist *De vita solitaria* ein gelehrtes Kompendium einsamer Lebensformen, in deren Zentrum das neue, Petrarca selbst gemäße Ideal einer intellektuellen Einsamkeit steht, die den Dichter, vor allem ist hier erneut der epische Dichter gemeint, zu seinen dichterischen Visionen hinreißt. Zweifellos hat Petrarca hier insbesondere seine eigene Erfahrung von Selvapiana im Blick, wo er die Arbeit an der *Africa* wiederaufgenommen hatte. Der Dichter, der in der Höhe, bei weitem Ausblick, die Schönheit der Natur und der Landschaft genießt, ist den inspirierenden Kräften näher, die er aus der Höhe empfängt.

Im Dezember 1347 wieder in Parma, beginnt Petrarca dort seine metrischen Episteln in lateinischer Sprache zu sammeln und schreibt den Brief an die Nachwelt, in dem man die erste frühhumanistische, noch fragmentarische Humanistenbiographie sehen wollte. Das Jahr 1348, das Petrarca in Parma verbringt, in ganz

Europa ein schlimmes Pestjahr, bringt den Tod seines geliebten Neffen Franceschino degli Albizzi, und vor allem erhält er dort, am 19. Mai, durch einen Brief Ludwigs van Kempen, seines liebsten Freundes, den er seinen Sokrates nannte, die Nachricht, daß Laura am Karfreitag, dem 6. April, gestorben sei. Bewegt trägt er die Nachricht von ihrem Tod in seinen Virgil-Codex ein: »Laura, berühmt durch ihre Tugenden und in meinen Gedichten lange Jahre gefeiert, erschien zum erstenmal in der Zeit meiner frühesten Jugend vor meinen Augen im Jahre des Herrn 1327 am 6. Tage des April in der Kirche Sancta Clara in Avignon; sie starb am Morgen und in derselben Stadt im selben Monat April, zur selbigen Stunde des Tages, während ich mich zufällig in Verona befand, unwissend, ach, um mein Geschick.« Petrarcas Aufzeichnung in ihrer schmerzlichen Betroffenheit scheint über jeden Verdacht, sie könnte eine Fiktion sein, erhaben. Und doch gibt schon die Korrespondenz des Karfreitags der ersten Begegnung mit dem Karfreitag ihres Todes zu denken. Und noch erstaunlicher scheint die Koinzidenz, wenn man hinzunimmt, daß Petrarca an einem Karfreitag (des Jahres 1338 oder 1339) die erste Inspiration zur *Africa* erfahren haben will und daß er am Ostertag des Jahres 1341, der nach Petrarca auf den 8. April fiel, in Rom zum Poeta laureatus gekrönt wurde. Der Zusammenfall dieser Daten auf die Osterwoche ist nicht zufällig. Die Konzeption der *Africa*, die Dichterkrönung (laureatio), die erste Begegnung der Laura und ihr Tod markieren essentielle Daten in Petrarcas geistiger Vita, genauer in der idealen Geschichte seines Wegs zum dichterischen Ruhm. Warum liegen aber alle diese Daten in der Osterwoche? Es liegt nahe, hier die Kodierung eines privaten Frühlingsmythos zu erkennen, eines Renaissancemythos, der Petrarcas politischem Renaissancemythos korrespondiert. Wie nach der Nacht der *media aetas* der politischen Welt oder vielmehr ihrem Winter ein neuer Frühling anzubrechen verspricht, so sieht Petrarca selbst sich als das Instrument, die Stimme dieses Mythos, die sich spiegelt in seiner dichterischen Existenz, die die lange Nacht des Schweigens der großen Dichtung durchbricht und erstmals wieder der Dichtung in Italien eine Stimme gibt. Wichtig ist hier aber auch, daß *Africa* und die werdende Sammlung der *Rerum vulgarium fragmenta* in einen gemeinsamen Frühlingsmythos eingebunden sind und daß das lyrische Werk in der Volkssprache an die Stelle des epischen Werks in der lateinischen Sprache tritt.

Noch in anderer Hinsicht ist das Pestjahr 1348 für Petrarca ein wesentlicher Einschnitt. Als 1342 Papst Benedikt verstarb und der Franzose Pierre Roget als Klemens VI. sein Nachfolger wurde, übersandte ihm Petrarca sogleich eine metrische Epistel (II,5), in der er Rom selbst als verlassene Gemahlin zu dem neuen Papst sprechen läßt, um ihn zur Rückkehr nach Rom zu bewegen. Der Brief steht ganz unter dem Eindruck von Petrarcas eigenen, noch frischen Erinnerungen an Rom. Er beschwört das christliche Rom mit seinen heiligen Stätten, seinen Reliquien und Legenden, aber auch das imperiale Rom und die Zerstörungen, die die Relikte des heidnischen wie des christlichen Rom bedrohen.

Um das Schicksal Roms ging es auch in den beiden Abordnungen der Stadt, die in Avignon eintrafen: jener des römischen Adels und der anderen des Volkes, die von dem Notar Cola di Rienzo angeführt wurde. In Cola und Petrarca trafen sich zwei glänzende und etwas phantastische Bewunderer des alten Rom, die sogleich Freundschaft schlossen. Als sein enthusiastischer Parteigänger verfolgte Petrarca fortan die abenteuerlichen Versuche Colas, das Adelsregiment in Rom umzustürzen und eine neue römische Republik zu errichten, und brachte sich damit immer mehr in Gegensatz zu den Colonna, die seine bisherige intellektuelle Existenz so generös gefördert hatten. Nach einem ersten gescheiterten Versuch gelang es Cola durch einen Umsturz am 20. Mai 1347, die Macht in Rom an sich zu reißen. Anfang Juni richtete Petrarca einen begeisterten Brief an ihn und das römische Volk und ermahnte ihn, den beschrittenen Weg konsequent fortzugehen. Unter wachsendem Mißtrauen des Papstes überstürzen sich nun die Dinge. Cola will die alten Rechte des Volkes wiederherstellen, läßt sich zum Cavaliere ernennen, schickt Botschaften an alle Städte Italiens und wird am 15. August feierlich zum Tribunus augustus gekrönt. Während Petrarca immer heftiger gegen Papst, Klerus und Avignon Partei ergreift und sich darüber mit seinem Förderer und Dienstherrn Giovanni Colonna entzweit, wird Cola vom Papst exkommuniziert. Bei einem Bankett mit dem Stadtadel im September läßt er diesen verhaften wegen Verschwörungsverdacht, läßt die Verhafteten, statt ihnen den Prozeß zu machen, aber wenige Tage später frei und hat damit schon, wie Petrarca schneidend und mit frappierender Bereitschaft zur Konsequenz bemerkt, das Spiel verloren. Zwar scheitert der Umsturzversuch des Adels am 20. November, bei dem der jüngere Stefano Colonna und dessen Sohn Giovanni das Leben verlieren, aber am 15. Dezember tritt Cola ab. Zwischen Giovanni Colonna und Petrarca kommt es zur Trennung, wenige Monate bevor der Kardinal am 30. Juli 1348 stirbt. Für Petrarca, der das ganze Jahr in Parma zubringt, bedeutet dies die endgültige Trennung von der Welt Avignons, in der er groß wurde und der er trotz seiner heftigen Ausfälle gegen das neue Babylon das Entscheidende seiner intellektuellen Bildung verdankte. An die Stelle der Colonna werden nun die Stadtfürsten Oberitaliens als Förderer des nun schon als Dichter, Diplomat und Intellektueller hochangesehenen Petrarca treten, der es sich nun auch leisten kann, seinen wechselnden Förderern mit der vollen Unabhängigkeit einer intellektuellen Großmacht, der des Erasmus oder Voltaires vergleichbar, entgegenzutreten.

Noch unter dem unmittelbaren Eindruck der schmerzhaften Verluste, aber auch der Trennung von Kardinal Colonna, faßte Petrarca ein Projekt, das sich nicht verwirklichen ließ, aber zeigt, mit welcher inneren Freiheit und Unabhängigkeit vom Hergebrachten Petrarca seinem Leben eine Form gab. Im Mai 1349 wollten ihn zwei Freunde, Luca Crissiani und Mainardo Accursio, beide Bologneser Studienfreunde und mit ihm im Gefolge des Kardinals Colonna, in Parma besuchen, trafen ihn aber nicht an und hinterließen einen Brief. Darauf entwirft Petrarca in vier aufeinanderfolgenden Briefen (*Fam.* VIII,2–5) die Idee eines gemeinsamen Lebens zusammen mit einem weiteren Freund Petrarcas, der gleichfalls im Dienst der Colonna gestanden hatte, Ludwig van Kempen, Petrarcas Sokrates. Von Brief zu Brief immer drängender beschwört er wie Odysseus seine Gefährten die Freunde, mit ihm zusammen ein gemeinsames Leben zu führen und so die neu gewonnene Freiheit zu nutzen. Indirekt wird hier erneut deutlich, wie drückend Petrarca schließlich die Abhängigkeit von Colonna empfand und wie sehr ihm eine freie, unabhängige intellektuelle Existenz im Kreis gleichgesinnter Freunde am Herzen lag. Petrarca bietet den Freunden an, Haus, Bibliothek und Einkünfte mit ihnen zu teilen, ja er ist bereit, jeden anderen Ortsvorschlag anzunehmen. Die Evokation des gemeinsamen Lebens gipfelt schließlich in einer wie aus idealer Höhe erblickten Vision des Panoramas von Oberitalien und seiner landschaftlichen Schönheiten. Es entsteht so das imaginäre Schauspiel einer vollkommenen, im fortschreitenden Alter genossenen irdischen Glückseligkeit: »Wir werden die aus dem See sich erhebenden luftigen und schneebedeckten Alpen sehen, im Sommer ein willkommenes Schauspiel, und Wälder, die die Sterne berühren, zwischen eingeschnittenen Felsen rauschende Bäche, vom höchsten Berg mit mächtigem Brausen herabstürzende Flüsse, und wohin du dich wendest, werden wir dem Gemurmel der Vögel und Quellen lauschen.« Der Traum dieser *vita nuova* unter Freunden dauerte nicht lange. Petrarca mußte erfahren, daß beide Freunde in den Hinterhalt von Räubern geraten, Mainardo ermordet worden und Luca verschollen war. Ein Jahr darauf begann er mit der Redaktion seiner Sammlung vertrauter Briefe, an Vielfalt der Erfahrung, an Weite des Horizonts unvergleichlich, das Monument eines Genies und eines Strategen der intellektuellen Freundschaft, vielleicht Petrarcas bedeutendstes Buch, das im Deutschen leider bis heute nicht zugänglich ist.

Noch ein letztes Mal kehrt Petrarca vom Sommer 1351 bis Mai 1353 an die Quellen der Sorgue zurück. Er beginnt in dieser Zeit ein Werk, das wie die *Africa* groß angelegt, aber seinen poetischen Kräften gleichfalls nicht angemessen war, die *Trionfi*, eine Folge allegorischer Gedichte in der Volkssprache, in der Amor, Keuschheit, Tod, Ruhm, Zeit und Ewigkeit zu triumphaler Gegenwart aufgerufen werden.

Im Mai 1353 folgt Petrarca der Einladung der über Mailand herrschenden Visconti, trotz zum Teil heftiger Vorbehalte seiner Freunde. Der Dichter und Literat wird jetzt auch zum gesuchten

Diplomaten. Er stellt sich als solcher in den Dienst der Visconti und vertritt Mailand im Vatikan und in Venedig mit großem Geschick. Aber Petrarcas vielfältige Rollen und Schreibgewohnheiten werden dadurch nicht eingeengt. Er schließt nicht ab und will nicht abschließen, so wird das Feld seiner Bestrebungen und Bemühungen immer weiter. Schon 1350, bei seiner Pilgerreise nach Rom, lernte er in Florenz Boccaccio kennen und freundet sich mit ihm an. Boccaccio wird Petrarca endgültig mit Dante vertraut machen, indem er ihm einen Codex der *Commedia* schenkt. Vor allem aber wird er Petrarca behilflich sein, ein Projekt zu verwirklichen, das dem Westen einen verlorenen literarischen Kontinent wiedergewinnen soll und das am Ursprung einer geschichtsmächtigen Horizonterweiterung steht. Daß die homerischen Epen im westlichen Europa nicht vergessen waren, lehrt Dantes *Commedia*, wo die Erinnerung an Homer bis ins Zentrum des Werks reicht. Aber erst Petrarca denkt das Werk Homers in der konkreten Gestalt des Textes. Sosehr er selbst an seiner Berufung zum Epiker – zu Recht – zweifelt, so sehr hält er unverrückbar an seiner Bewunderung Homers fest, dessen Werk ihm zuerst nur eine Legende ist, die indes mehr und mehr Wirklichkeit gewinnt.

1348 hatte Petrarca in Verona den byzantinischen Botschafter Nicola Siger auf seiner Reise nach Avignon zu Verhandlungen über die Wiedervereinigung von orthodoxer und römischer Kirche getroffen und mit ihm diplomatische Gespräche geführt. Bei dieser Gelegenheit hatte Petrarca nicht nur von seinen Bemühungen um das Griechische und seinem Griechischlehrer Barlaam gesprochen, der zuvor schon Boccaccios Griechischlehrer in Neapel gewesen war und der Siger nicht unbekannt gewesen sein dürfte, sondern auch den Wunsch geäußert, einen Codex mit den homerischen Epen zu besitzen. Der Lohn für seine diplomatischen Mühen ließ nicht auf sich warten. Ende 1353 oder Anfang 1354 kam der von Siger versprochene Codex mit der *Ilias* und der *Odyssee* in Mailand an. Aber: »Dein Homer ist stumm bei mir, oder vielmehr ich bin taub bei ihm. Aber ich bin glücklich bei seinem Anblick, und oft umarme ich ihn und sage seufzend: O du Erhabener, wie groß ist meine Sehnsucht, dich zu hören.« (*Fam.* XVIII,2)

Es dauerte noch vier Jahre, bis der Zufall Petrarca zu Hilfe kam. Bei einem Besuch in Padua wurde ihm der griechischsprachige Kalabrese Leonzio Pilato vorgestellt, der eben aus Byzanz gekommen war, ein Schüler Barlaams, bei dem Petrarca versucht hatte, die Anfangsgründe des Griechischen zu erlernen, und ein gründlicher Kenner Homers. Petrarca erfaßte sogleich die Gelegenheit. Er ließ sich von ihm eine Probeübersetzung anfertigen, und als Boccaccio ihn im Frühjahr 1359 in Mailand besuchte, beschlossen die beiden, Leonzio mit der Übersetzung der beiden homerischen Epen zu beauftragen. Es gelang Boccaccio, in Florenz für Leonzio eine Griechischprofessur zu erlangen, die erste im westlichen Europa, und auch Petrarca scheint sich an seiner finanziellen Unterstützung beteiligt zu haben. Nach drei Jahren war die Übersetzung abgeschlossen. 1363 reiste Leonzio nach Venedig, wo er Petrarca traf, ehe er nach Konstantinopel aufbrach, um dort als Händler mit Manuskripten sein Glück zu machen. 1366 erfährt Petrarca, daß Leonzio bei der Rückfahrt nach Venedig auf dem Schiff vom Blitz getroffen und erschlagen wurde. So endete auf abenteuerliche Weise eine abenteuerliche Gestalt, die mit der Wiederentdeckung Homers im Westen aufs engste verknüpft ist. Petrarca erhielt die Abschrift der Übersetzung, die Boccaccio veranlaßt hatte, im gleichen Jahr.

Auch in den sieben Jahren seines Aufenthalts in Mailand setzte Petrarca seine Bemühungen fort, die Rückkehr des Papstes nach Rom und die politische Restauration des römischen Kaisertums zu betreiben. Nach dem Zusammenbruch der Hoffnungen, die Cola in ihm geweckt hatte, ist Karl IV. von Böhmen, der 1346 deutscher Kaiser geworden war und den Petrarca als »Italiener« verstand oder verstehen wollte, jetzt seine neue Hoffnung. Schon im Januar 1351 schrieb er dem Kaiser von Parma aus einen Brief, in dem er ihn auffordert, trotz der Bedenken von Klemens VI. den Augenblick zu ergreifen und nach Rom zu ziehen. Als sein Brief ohne Antwort bleibt, wiederholt er seine Aufforderung in einem Brief von Anfang 1352 aus Avignon noch dringlicher. Erst im November erreicht ihn der Antwortbrief des Kaisers, der, wie es scheint, Jahre brauchte, bis er seinen Weg zu Petrarca in Mailand fand. Da Cola di Rienzo nach einem Klosteraufenthalt in den Abruzzen 1350 Zuflucht am Hof des Kaisers in Prag gefunden hatte, ehe dieser ihn 1352 an die Kurie auslieferte, dürfte Petrarca wohl damit gerechnet haben, daß Cola den Kaiser mit seinem Namen vertraut machen würde. Doch liegt zumindest auch die Vermutung nahe, daß Cola mit der Antwort des Kaisers betraut wurde, der den dichterischen Rang des Poeta laureatus würdigt, aber der dichterischen Vision die nüchterne Einschätzung der realpolitischen Gegebenheiten entgegensetzt. Als Petrarca sogleich antwortete, um die Ausflüchte des Kaisers zu widerlegen, war dieser freilich schon nach Italien aufgebrochen, so daß unmittelbar darauf, als Petrarca dieses erfuhr, er den Kaiser, der sich bereits im kaisertreuen Mantua befand, jubelnd begrüßte und von diesem durch einen eigens nach Mailand geschickten Boten nach Mantua eingeladen wurde. In einem Brief an seinen Freund ›Lelio‹ hat Petrarca aus seiner Sicht die Begegnung geschildert, bei der er dem Kaiser einige römische Münzen aus seiner Sammlung mit Porträts der großen römischen Kaiser schenkte – mit Petrarca beginnt nicht zuletzt die Geschichte der europäischen Numismatik –, um den Kaiser erneut an seinen Auftrag zu erinnern. Damit beginnt eine fast freundschaftliche Beziehung zu Karl IV., die auch darunter nicht litt, daß, als Karl nach seiner Krönung durch den päpstlichen Legaten in Rom auf Wunsch der Kurie noch am selben Tag fluchtartig die Stadt wieder verließ, der enttäuschte Petrarca mit bemerkenswerter Freiheit und Schärfe in einem neuen Brief dies Verhalten tadelte.

Ein Jahr darauf schickten die Brüder Visconti eine Delegation zu Karl, zu der auch Petrarca gehörte, um die Vermittlung des Kaisers in den kriegerischen Auseinandersetzungen zwischen den Stadtstaaten Oberitaliens zu erbitten. So kam Petrarca zuerst nach Basel, wo die Gesandtschaft vergeblich die Ankunft Karls erwartete, und dann nach Prag, wo er nicht nur gnädigst aufgenommen und vom Kaiser zum Pfalzgrafen ernannt wurde, sondern wo er auch alte Freundschaften bekräftigte und neue schloß und sich nicht zuletzt die Gunst der Kaiserin Anna gewann, an die er den einzigen Brief richtete, der in Petrarcas ganzem Briefwechsel einer Frau gewidmet ist. Der erhoffte lombardische Friede kam nicht zustande, aber Petrarca war von da an ein im Streit der Parteien immer unerläßlicherer Vermittler von hoher Kompetenz, allseits geachteter Autorität und wohl seltener Liebenswürdigkeit. In Mailand führte Petrarca dank der Gönnerschaft der Visconti ein ruhiges, arbeitsames Intellektuellenleben.

Die Arbeit an den zahlreichen literarischen Projekten ging in dieser Zeit ruhig und stetig voran, und hinzu kam ein neues Werk, das für lange Zeit Petrarcas europäischen Ruhm begründen sollte und das heute zu seinen am gründlichsten vergessenen Werken zählt, das *De remediis utriusque fortunae* (Über die Heilmittel gegen Fortuna in beiderlei Gestalt), eine Sammlung dialogisierter Betrachtungen über den Lauf der alltäglichen Welt in ihren tausend Gesichtern und die Weise, dem Überschwang von Glück und Unglück durch vernünftige Reflexion zu begegnen. Wie alle erfolgreichen Werke Petrarcas ist auch dieses eine lose Sammlung des Vielfältigen, während alle konstruktiv gebliebenen Werke, mit Ausnahme des großen Dialogs über die geheimen Sorgen *(Secretum)*, schließlich scheiterten. Das Buch war sogleich ein enormer europäischer Erfolg. Als der französische König Johann der Gute 1356 in der Schlacht von Maupertuis von den Engländern gefangengesetzt wurde, konnte er vier Jahre danach durch die Zahlung eines gewaltigen Lösegelds seine Freiheit zurückerlangen, für das Galeazzo Visconti finanziellen Beistand leistete. Die Gegenleistung war, daß sein Sohn Giangaleazzo mit acht Jahren mit der elfjährigen Isabella von Frankreich, der Tochter des Königs, verheiratet wurde. Die Hochzeit fand im Oktober 1360 in Mailand statt, und Petrarca wurde beauftragt, die jungvermählte Isabella in feierlichem Gefolge zurückzuführen. Aus diesem Anlaß hielt Petrarca am 13. Januar 1361 vor dem König eine Ansprache, die dem Thema der Fortuna gewidmet war und damit nicht nur die persönliche Situation des Königs aufs genaueste traf, sondern zugleich ein Thema aufgriff, das den Nerv der Zeit berührte. Der Dauphin, der künftige König Karl V., der 1358 Paris von den Aufständischen zurückerobert hatte, ließ die *Remedia* noch zu Lebzeiten Petrarcas übersetzen. Auch Johann von Neumark, Kanzler des Kaisers und

Petrarcas Freund, bat ihn, beim geplanten Besuch Anfang 1362 die *Remedia* mitzubringen.

Auch als Petrarca vor der herannahenden Pest 1361 im Sommer Mailand verließ und zuerst in Padua, in seinem Kanonikat, Zuflucht fand, dann wieder auf der Flucht vor der Pest sich in Venedig niederließ, um dort fünf Jahre zu bleiben, wurde er immer wieder gesuchter Vermittler und Gesprächspartner in den endlosen Machtkämpfen der lombardischen Stadtstaaten. In Venedig kam Petrarca in den Genuß eines eleganten Palazzo, den die Stadt ihm dafür überließ, daß er ihr seine Bibliothek vermachen wollte. Petrarca, stets für neue Erfahrungen offen, kam in Venedig zu der Einsicht, die ihm freilich auch zuvor nicht ganz fremd gewesen war, daß die technischen Errungenschaften seiner Zeit, wie er sie in der Seestadt Venedig bewundern konnte, jene der antiken Welt bei weitem überragten. Sein Brief an Francesco Bruni, dem er zu seiner Ernennung zum päpstlichen Sekretär gratuliert und ermahnt, nicht nur die Alten nachzuahmen, sondern nach dem Beispiel der Venezianer Neues zu erfinden (vom 9. April 1363), ist ein erstaunliches Zeugnis für Petrarcas Sinn für die Fortschritte seiner Zeit. Es ist überraschend, bei dem ›Vater des Humanismus‹ ein so eindeutiges Zeugnis zu finden, das als Gründungsurkunde der ›Querelle des Anciens et des Modernes‹ dienen könnte, die Ende des 17. Jahrhunderts in Frankreich ausbrach. Im Anblick eines bei Nacht auslaufenden Schiffs ruft Petrarca begeistert aus: »Guter Gott, welch ein Schauspiel, welch ein frommer, erschütternder, köstlicher Schrecken; hier vor den Marmorstufen des Hafens und fest verankert hatten einige Schiffe überwintert, die dem prächtigen Palast glichen, den dieser großzügige Staat mir zu meiner Nutzung gegeben hatte und die mit den Gipfeln ihrer Masten nicht wenig die beiden Türme überragten, die ihn einschlossen; deren größtes zu dieser Stunde, während Wolken die Sterne bedeckten und Mauern und Dächer vom Wind zusammengedrückt wurden und das Meer wie die Unterwelt heulte, seine Reise, die meine frommen Wünsche begleiteten, begann. Glaube mir aber, wenn Jason dies sähe oder der Alcide [Herkules], so erstaunten sie heftig, und säße Tiphys am Steuer, errötete er darüber, daß ein Nichts ihm seinen Namen eingebracht hatte.« (*Sen.* II,2) Verdeckt ist dies eine Bezugnahme auf Dantes *Commedia*, wo Dante sein eigenes Erstaunen im *Paradiso* mit dem Erstaunen des Neptun beim Anblick des Schiffs der Argonauten verglich.

Aber gerade in Venedig mußte Petrarca zu seinem Schmerz erfahren, daß sein Ruhm als Philosoph nicht unangefochten sei. Vier junge philosophiebegeisterte Venezianer, die in seinem Haus verkehrt hatten, bezweifelten seine philosophische und wissenschaftliche Kompetenz und belustigten sich über seine Ignoranz, was Petrarca so tief verletzte, daß dies mit ein Grund für seine Rückkehr nach Padua gewesen sein dürfte. Vor allem aber war dies der Anlaß zu einer grundsätzlichen Auseinandersetzung mit Positionen der scholastischen Philosophie. *De sui ipsius et multorum ignorantia* wurde begonnen auf dem Weg nach Pavia, wo er den Sommer als Gast der Visconti verbrachte. Vollendet wurde das Werk, eine konsequente Absage an scholastische und naturwissenschaftliche Wissenschaftsgläubigkeit, erst in den letzten Lebensjahren in Padua und in Arquà.

Noch einmal wurde Petrarcas Romleidenschaft, die vor Karls mangelndem Engagement resigniert hatte, mächtig angeregt mit der Wahl von Papst Urban V., der schon mit der Annahme des Namens Urban ein Programm verband, die Zugehörigkeit zur *urbs*, das heißt zu Rom. Der lange Brief, den Petrarca 1366 an Urban schrieb, ist eine drängende Aufforderung, nicht länger mit der Rückkehr nach Rom zu warten und sich dem Einfluß der französischen Kardinäle zu entziehen. Auch hier kommt Petrarca fast zu spät, denn Urban zieht schon 1367 mit seinem Staat nach Rom zurück, nicht ohne massive Vorhaltungen des französischen Königs und einer von Anselme Choquart angeführten Pariser Gesandtschaft, in deren Namen Choquart das französische Selbstverständnis der *translatio studii*, der Verlagerung des Zentrums der Bildung von Rom nach Paris, Ausdruck gibt. Für Petrarca ist dies ein Grund, in einem zweiten langen Brief an Urban umständlich die These der *translatio studii* zurückzuweisen und erneut die Überlegenheit römisch-italienischer Kultur über alle anderen europäischen Kulturen, besonders aber die französische, zu behaupten.

Daß Urban schließlich vor den römischen Schwierigkeiten aufgibt und am 5. September 1370 kurz vor seinem Tod nach Avignon zurückkehrt, ist für Petrarca erneut eine schmerzliche Enttäuschung. Sein letzter Brief an Urban (*Varia* III) ist noch einmal ein leidenschaftlicher Appell, Rom nicht aufzugeben, den er in den Mund der sprechenden Italia legt. Nachdem geschehen ist, was er noch immer leidenschaftlich zu verhindern suchte, erfährt er von der Streitschrift des Pariser Theologen Jean de Hesdin gegen seinen Brief an Urban, und noch einmal greift er ein Jahr vor seinem Tod zur streitbaren Feder und schleudert dem Feind sein »Nullus doctus in Gallia« und seine wilde Anklage gegen das neue Babylon entgegen. Petrarca selbst dürfte bewußt gewesen sein, daß er hier nicht objektiv, ja im höchsten Maße ungerecht ist, aber es geht um eine kulturpolitische Weichenstellung, an der Petrarca entscheidenden Anteil hat. Petrarcas Vision des aus der Nacht der Zeiten wiederentstehenden Italien wird die Zukunft gehören.

Bis zum Ende seines Lebens steht Petrarca in der Spannung zwischen öffentlicher Existenz und freilich hochstilisierter Zurückgezogenheit. Noch in seinen letzten Jahren arbeitet er an der Geschichte der großen Römer und damit zugleich an dem Bildprogramm, mit dem Francesco von Carrara, der Petrarca freundlich verbundene Fürst von Padua, die Sala dei Giganti seines Palastes ausschmücken wollte. Aber wie einst Vaucluse dem an Avignon gebundenen jungen Intellektuellen als Zuflucht dienen konnte, so jetzt die schöne Einsamkeit von Arquà, inmitten der Euganäischen Hügel nahe Padua gelegen. Petrarcas letzter Mythos heißt Petrarkadien. Daß Petrarca, der so oft die Namen seiner Freunde zum Gegenstand des Spiels, der *adnominatio*, gemacht hatte, in seinem von ihm selbst erfundenen Namen gleich seine Bestimmung erkannte, dürfte kaum abzuweisen sein. Der idyllische Ort mit dem Namen Arquà mußte für Petrarca ein glückliches Omen sein. Hier fand er sein letztes Arkadien, das ganz für ihn geschaffen war, sein Petrarkadien. Hier konnte er in der Gelassenheit eines selbstbestimmten, tätigen, bis zuletzt erfolgreichen Lebens den Tod erwarten, den Steinsarg, die Steinarche – Petrarca – bedenken, die ihn aufnehmen würde, während sein

Name doch schon eine andere Arche, die Arche seines Ruhms, gefunden hatte. Vor der Kirche von Arquà steht auf vier Säulen der gewaltige Marmorsarg, der bis heute sich durch die Zeiten erhalten hat, als hätte ihn Petrarca selbst als Emblem seines Namens und seiner im Namen liegenden Bestimmung ersonnen.

II

Bei aller Vielfalt seiner literarischen Projekte und Bestrebungen hat Petrarca seine höchste ästhetische Aufmerksamkeit, seine kühnsten poetischen Innovationen an ein Werk gewandt, das ihn durch sein ganzes schriftstellerisches Leben begleitete, das seine höchste Hoffnung als Dichter trug und zu dem er doch nie uneingeschränkt zu stehen wagte, die Sammlung seiner Liebesgedichte an Laura. In der letzten von Petrarcas Hand stammenden Fassung, die in der Vatikansbibliothek aufbewahrt ist (Vat. lat. 3195), lautet ihr Titel: »Francisci petrarche laureati poetae rerum vulgarium fragmenta«. Eine frühere Fassung, die sogenannte forma Chigi (Vat. lat. Chig. L.V. 176), hat den Titel »Francisci Petrarce de Florentia Romae nuper laureati fragmentorum liber«. Beide Titel umschließen formelhaft ein kompliziertes Ineinander von Selbsterhöhung und Selbsterniedrigung: Petrarca stellt sich beide Male als Poeta laureatus vor, das heißt als Dichter, dem die höchste Anerkennung zuteil wurde, die für den Petrarca der *collatio laureationis* noch mit der hohen Form des Epos verbunden war. Aber dem steht eine zweifache Erniedrigung entgegen. Nicht nur sind die hier vereinigten Gedichte in der niederen Volkssprache verfaßt, es sind zugleich »Fragmente«, Bruchstücke eines vorausgesetzten Ganzen, das selbst nicht mehr gelingen kann. Aber die Bruchstücke in der Volkssprache, das heißt Petrarcas Liebesgedichte an Laura, deren höchster Formanspruch außer Frage steht, heißen auch deshalb *res vulgares*, weil ihr Thema nicht der heroische Lebensentwurf des Epos ist, sondern die ›niedere‹ Verfallenheit des Dichters selbst an seine Leidenschaft. Aber was bedeutet es, daß Petrarca seinen Gedichten in der Volkssprache mit ihrem ›niederen‹, weil privaten Gegenstand einen lateinischen Titel gibt, wenn nicht den diskreten Hinweis, daß diese Gedichte durchaus einen anderen als volkstümlichen Anspruch haben, und wohl auch, daß ihr Fragmentcharakter einer inneren Notwendigkeit und nicht allein dem Unvermögen entspringt, wie Dante ein großes, poetisch gefügtes Werk zu schaffen. Fragment, ein Wort, das bis dahin in der poetologischen Diskussion keine Rolle gespielt hatte, wird hier zum erstenmal in Zusammenhang mit einer neuen poetischen Qualität gebracht, das Unabschließbare selbst des poetischen Ganzen als eines nur noch erahnbaren zu suggerieren. Goethes Diktum, alle seine Gedichte seien nichts anderes als »Bruchstücke einer großen Konfession« (*Dichtung und Wahrheit* II,7), schließt hier unmittelbar an. Für Petrarca, der als einer der ersten einen archäologischen Sinn hatte, der die Bruchstücke des alten Rom durchwandert hatte, konnte *fragmentum* genau in diesem Sinne die Metapher einer neuen poetischen Qualität werden. Gerade in der ausdrücklichen Selbsterniedrigung liegt die unausdrückliche Affirmation eines neuen Anspruchs verborgen.

Noch schärfer kommt diese Intention in der scheinbar paradoxalen Formulierung eines »fragmentorum liber« in der Fassung des Chigi-Manuskripts zum Ausdruck, wo die beiden Terme bewußt einer äußersten Spannung ausgesetzt werden. Denn *liber* bezeichnet das Buch von größtem formalen Anspruch, das darauf prätendiert, die Zeiten zu überdauern, ins Schatzhaus der kollektiven *memoria* einzugehen, zum Gegenstand eines fortgehenden Kommentars zu werden, während *fragmentum* den anderen Pol des Scheiterns an der Zeit markiert. Aber die *fragmenta* sind Ruinen eines Ganzen, das, indem die Zeit es besiegt, noch immer über die Zeit triumphiert. So zumindest läßt sich das Programm Petrarcas lesen, der sich hier mit seinem höchsten Anspruch als Poeta laureatus präsentiert, was auch bedeutet, daß er gerade an diesem problematischen Werk aus Bruchstücken in der Sprache des gemeinen Volkes als Poeta laureatus, als Dichter von höchstem Anspruch, der einen schon gewonnenen Ruf zu verteidigen hat, gemessen werden will. Wenn auf den lateinischen Titel das italienische Werk folgt, so bedeutet dies, daß Petrarca dieser Sprache ihre zukünftige

Klassizität, ihre Ebenbürtigkeit zum Lateinischen abgewinnen will. Er tut dies in der unausgesprochenen Konkurrenz zu Dante, dem ersten großen Klassiker der italienischen Sprache, indem er der Erfahrung der drei übernatürlichen Welten als ein wahrer ›Dichter der irdischen Welt‹ die poetische Ergründung der Innenwelt eines komplizierten, in unauflösbaren Widersprüchen lebenden Ich entgegensetzt, das er in Momenten der höchsten dichterischen Intensität poetisch in einer überhöhten Sprache des Alltags heraufruft. Petrarca ist damit, mehr als Dante, schließlich zum eigentlichen Begründer der italienischen Literatur- und Dichtungssprache geworden, die in der Renaissance ganz Europa zum Vorbild werden sollte. Und auch die ›private‹ Geschichte seiner Liebe zu Laura sollte in den großen Mythenschatz der modernen Welt eingehen.

Schon früh begann Petrarca nach dem Vorbild des *dolce stil nuovo* Liebesgedichte an eine unbekannte Dame zu schreiben, die ein *canzoniere*, eine formlose Gedichtsammlung, aufnehmen sollte. Der Weg vom *canzoniere* zum *fragmentorum liber*, dem Buch der Fragmente, das seine Schriftlichkeit als ein konstitutives Moment einbekennt, ist so lang und voraussetzungsreich, daß er hier kurz beleuchtet werden muß.

Für den Verfasser der *Collatio laureationis*, der Rede des Dichters bei der Krönung auf dem ruhmreichen Kapitol, dem alten Zentrum des imperialen Rom, stand noch außer Frage, daß nur das Epos in lateinischer Sprache, das zugleich deren imperialem Geltungsanspruch ein neues Denkmal setzt, geeignet sein kann, dem höchsten poetischen Anspruch zu genügen, der allein den Lorbeer rechtfertigt. So ist die Rede auf dem Kapitol ebenso auf Petrarcas eigenes Epos der Verknüpfung von römischer Welt und verheißener Wiedergeburt bezogen, wie dieses, das doch nur in ersten fragmentarischen Entwürfen vorlag, schon auf die erhoffte Dichterkrönung hin geschrieben scheint. In Petrarcas Lebensentwurf sind dichterische Weltaneignung und reale Steigerung des Selbst unauflöslich miteinander verknüpft. Daß mit dem Tod König Roberts, dem das Epos als Dank für seine Unterstützung gewidmet werden sollte, der unmittelbare Anlaß für die Arbeit an jenem

Epos entfiel, mit dem Petrarca sich zugleich Hoffnungen auf eine ehrenvolle Einladung an den Neapolitaner Hof machen durfte, muß ihn, der eben erst seine wahre Identität gefunden zu haben glaubte, in eine Identitätskrise gestürzt haben, die nicht zuletzt eine Krise seiner Poetik war. In dem Maße, wie ihm jetzt das lateinische Epos als Medium der höchsten eigenen dichterischen Bestrebungen fraglich wurde, entdeckte er das Medium der lyrischen Dichtung als Ort neuer poetischer Artikulationsformen, die zur Struktur seiner eigenen komplexen Subjektivität in ein neues, tieferes Verhältnis treten konnten. So tritt jetzt Horaz an die Stelle Virgils als exemplarischer Dichter, der der lyrischen Kurzform nicht nur klassische Dignität gegeben hatte, sondern dessen poetische Sammlungen in ihrer kunstvollen Anordnung zugleich das neue Modell einer komplexen dichterischen Komposition im Spannungsfeld von Kontinuität und Diskontinuität geben konnten. Doch so wie Petrarcas *Africa* keinesfalls dem Modell des Virgilschen Epos folgt, ist auch das in den vierziger Jahren langsam sich herausbildende Projekt seines Buchs der Fragmente keine nachahmende Fortführung von Horaz. Zwar konnte er in der Auseinandersetzung mit dessen Werk ein neues Zutrauen in die höchste Dignität der lyrischen Schreibart gewinnen, doch ist Petrarcas ›Paradigmenwechsel‹ vom Epos zur Lyrik ganz auf die Erarbeitung einer höchst originellen, zukunftsweisenden Konzeption des Lyrischen bezogen, das sich vom Weltbezug der Horazschen Dichtung grundlegend unterscheidet.

Zweifellos hat Petrarca schon in den vierziger Jahren mit Möglichkeiten einer neuen Ordnungsstruktur des traditionellen Canzoniere experimentiert, wenngleich diese nur in Spuren erkennbar sind.

Am 21. August 1342 begann Petrarca mit einer ersten Sammlung seiner bisher entstandenen Gedichte. An diesem Tag übertrug er aus seinem poetischen Arbeitsbuch, das unter der Nummer Vat. lat. 3196 im Vatikan erhalten ist, das erste Gedicht in eine neue Sammlung, das heutige Sonett 34, und strich mit zwei Federstrichen das übertragene Sonett durch. Es liegt nahe anzunehmen, daß eine erste Fassung der Sammlung auch mit diesem Gedicht beginnen sollte. Wie die ursprüngliche Sammlung aussehen sollte, wissen wir nicht, wohl aber, daß Petrarca bis zu seinem Lebensende an ihr arbeitete, ihre Gedichte revidierte und sie immer wieder neu gruppierte.

Auf dem Weg zum Buch der Fragmente ist der Tod Lauras 1348 ein entscheidender Schritt. Erst jetzt kann das Buch zum Ort aller seiner Fragmente werden, deren Außenbezug jetzt ganz zugunsten ihres Innenbezugs in der Ordnung des Buchs aufgegeben ist – wenn je diese Dichtung überhaupt einen Außenbezug gehabt haben sollte. Wie auch immer es mit der Realität der Laura und der Faktizität ihres Todes 1348 bestellt sein mag, fest steht, daß erst dieser Tod Petrarcas *Canzoniere* eine markierte Innenstruktur geben konnte. Wenn der Aufbau des Buchs in gewissem Sinn einer zeitlichen Ordnung folgt, die aus der immer weiteren Entfernung zu dem Ereignis der ersten Begegnung hervorgeht, dieses aus immer weiterer zeitlicher Ferne reflektiert, so kommt hinzu die große Zweiteilung in die Gedichte an Laura *in vita* und Laura *in morte*, die lebende und die verstorbene und erinnerte Laura.

Aus den Transkriptionen des Arbeitsbuchs läßt sich eine etwa zwischen 1347 und 1350 liegende zweite Fassung der Sammlung erschließen, die annehmen läßt, daß erst jetzt das Buch der *Rerum vulgarium fragmenta* zum vorrangigen poetischen Projekt Petrarcas wurde, mit dem er insgeheim seinen höchsten poetischen Ehrgeiz verband. Als Petrarca 1353 in Mailand ankam, hatte er schon die Mehrzahl der Gedichte des ersten Teils beisammen, aber es folgten nun die Ausarbeitung des zweiten Teils und die Überarbeitung des ersten, die zu einer dritten Fassung führten, die wohl zwischen November 1356 und 1358 entstand. Sie enthielt im ersten Teil 142 Gedichte, im zweiten 29. Diese dritte Fassung wurde durch eine weitere abgelöst, die uns als erste Sammlung erhalten ist, die sogenannte Chigi-Sammlung, die jetzt den vorher nicht belegten Titel eines *Fragmentorum liber* trägt. In ihr ist schon der größte Teil des späteren *Canzoniere* enthalten. Es folgen nun immer wieder neue, umfangreichere Fassungen, in denen zugleich die Gestalt der einzelnen Gedichte wie ihre Komposition immer wieder, wenngleich nur geringfügige Variationen erhält. Die fünfte und die sechste Fassung des *Canzoniere* entstanden während Petrarcas Aufenthalt in Venedig, wo auch die Briefsammlung der *Familiares* ihren Abschluß fand. Beide Hauptwerke, gemeinsam Petrarcas »Bruchstücke einer großen Konfession«, wurden dem jungen Kopisten Giovanni Malpaghini anvertraut, der wie ein Sohn im Haus Petrarcas lebte, bis er Petrarca verließ und schließlich Schreiber des Papstsekretärs Leonardo Bruni wurde. Die fünfte Fassung sollte Petrarcas endgültige werden, an der er, während Malpaghini schon abschrieb, noch immer arbeitete, ergänzte und umstellte. Als mitten in der Erstellung des Manuskripts (Vat. lat. 3195) Malpaghini Petrarca verließ, sah er sich genötigt, mit eigener Hand das Manuskript zu Ende zu führen. Dieser sechsten Fassung, die neben anderen neuen Gedichten des Teils der Laura *in morte* erstmals das große Finalgedicht »Vergine bella« enthält, folgten weitere Bearbeitungen. In der siebten Fassung, die ihren Namen nach Petrarcas Freund, dem Heerführer der Visconti, Pandolfo Malatesta, erhielt, dem Petrarca sie kurz vor dessen Tod am 4. Januar 1373, begleitet von einem Brief über seine »nugellae meae vulgares«, seine kleinen volkstümlichen Schwätzereien, zugesandt hatte, ist die Ordnung der Gedichte erneut verändert. Eine Randnote hält aber fest, daß »Vergine bella« auf alle Fälle den Schlußpunkt der Sammlung bilden soll. Eine achte Fassung, die »Queriniana« (nach der Bibliothek von Brescia, wo sie aufbewahrt wird), stellt die alte Ordnung des ersten Teils wieder her, während der zweite sich erneut verändert. Aber Petrarca erweitert seine Sammlung noch einmal um Gedichte, die er in einem eigenen Supplement aufgezeichnet hatte. Bis zu seinem Todestag hat er an dieser Übertragung gearbeitet, aber auch an der Vollendung ihrer inneren Ordnung. Diese neunte Fassung ist Petrarcas endgültige geworden. Doch kann man fragen, ob sie es geblieben wäre, hätte der Tod ihm nicht am 18. Juli 1374 die Feder aus der Hand genommen und der Lebenslegende im Zeichen der Laura ein Ende gesetzt, mit dem doch die Legende von Laura und Franziskus, dem Poeta laureatus, erst ihren Anfang nehmen sollte.

Zumindest eine Zeitlang dachte Petrarca, wie wir sahen, wohl daran, Sonett 34 (»Apollo s'ancor vive il bel desio«) an den Anfang seines Gedichtzyklus an Laura zu stellen. Das Sonett ist eine Anrufung an Apollo, den Gott der Dichtung, der sich einst in die Nymphe Daphne (Lorbeer) verliebt hatte, die sich ihm bei der liebenden Verfolgung im Augenblick selbst, wo er sie berührte, entzog, indem sie auf ihre Bitte in einen Lorbeerbaum verwandelt wurde. Wie Apoll einst Daphne ergeben war, so jetzt der Dichter der sich ihm gleichfalls entziehenden Laura. Aber der Dichter erfleht von Apoll nicht Erhörung, sondern daß er die trübe Zeit des Winters verjagen möge. Unter dem erblauten Frühlingshimmel sollen Gott und Dichter den Lorbeer erblicken, der indes ganz sich selbst zu genügen scheint. Aber zielt dieser vom Dichter inszenierte Frühlings-, ja Auferstehungs- und Ostermythos allein auf die sich entziehende, sich selbst genügende Geliebte? Hinter der naheliegenden scheint eine schwierigere Lesart aufzuscheinen. Ist nicht der Anruf an Apoll ein Anruf, jener dunklen Zeit ein Ende zu setzen, in der die Dichtung verstummt war, ebenso wie jede andere große Manifestation der Kultur, die einmal eine Weltkultur gewesen war? So gelesen zeigt sich erst die programmatische Bedeutung des Gedichts, das sich als Anfangspunkt eines Wiedererblühens der Dichtung versteht, dem eine Zeit der winterlichen Erstarrung und Dunkelheit vorausgeht. Hier berührt sich Petrarcas Anruf an Apollo mit der Vision des Neubeginns nach langer Zeit der Dunkelheit, wie sie in der *Africa* als Vision des die Zukunft erschauenden Ennius evoziert wird. Nicht das Schicksal des Liebenden steht im Mittelpunkt dieses Gedichts, sondern das Schicksal des Dichtens und die Selbstermächtigung des Dichters, der es wagt, sich erstmals wieder Apoll selbst, dem Heros der antiken Dichtung, zu vergleichen. Der Dichter der Laura stellt sich hier als den um den Lorbeer Werbenden dar, der schon im Gedicht die sich selbst genügende Ablösung des Gedichts von seinem Anlaß feiert. Zugleich ist das Gedicht aber auch Teil jenes von Petrarca inszenierten Ostermythos, der Leben und Dichtung umgreift.

Petrarca konnte sich schließlich doch nicht dazu entscheiden, sein Buch der Fragmente mit dieser großen Geste des seines Auftrags bewußten und gewissen Dichters einzuleiten. Statt dessen setzt die endgültige Fassung mit einem Sonett ein, das als Proömium sich den Lesern des *Canzoniere* zuwendet, als wollte es schon im Eingang ihre Erwartungen zunichte machen. So triumphal Sonett 34 das Selbstverständnis des Dichters vorträgt, so sehr scheint jetzt das lyrische Ich des Eingangsgedichts von Selbstzweifeln bis zur Selbstpreisgabe ergriffen. Das Ich wendet sich an jene, die bereits eine Vorstellung der schon in Umlauf gekommenen Gedichte des *Canzoniere* haben, und zwar ganz im Sinne eines traditionellen Canzoniere als Sammlung in erster Linie zum unmittelbaren Vortrag bestimmter Gedichte. Von ihnen scheint er Verständnis oder Mitleid für seine einstigen Liebesverirrungen zu erwarten, die dem jetzt sprechenden Ich so ferngerückt zu sein scheinen, daß er darüber nur noch Scham empfinden kann: »Di me medesmo meco mi vergogno«. Das zeigt die ganze Schärfe des Konflikts zwischen dem einstigen und dem jetzigen Ich an. In dessen Perspektive ist das alte Ich des liebenden Dichters zum allgemeinen Gerede des »popol tutto« geworden. Dem Rückblickenden bleibt nur die Einsicht in das Eitle des einstigen Wahns, den der allgemeine scheinbare Zuspruch beflügelte: »che quanto piace al mondo è breve sogno.« So scheint das Eingangsgedicht ganz in einer dreifachen augustinischen Absage an die Welt, an die Liebe und an die Dichtung zu enden.

In der Tat scheint es hier so, als habe Petrarca sich im Proömium die Stimme jenes Augustin zu eigen gemacht, der im *Secretum* dem weltverfallenen, ruhmsüchtigen Petrarca so unerbittlich entgegentritt. Und dahinter ist das *vanitas vanitatum vanitas* des Psalmisten vernehmbar, das dem Gedicht seinen Grundton gibt. Nicht nur insistiert das zweite Quartett auf den eitlen Hoffnungen und dem eitlen Schmerz (»le vane speranze e 'l van dolore«) und wird die ganze Erlebniswelt des einstigen Ich in der ersten Zeile des letzten Terzetts als »vaneggiar«, eitles Treiben, noch einmal ausdrücklich unter das Zeichen der Vanitas gestellt. Hinzu kommt gleichsam als ein – unübersetzbarer – semantischer Echoeffekt eine insistierende Präsenz des Vanitas-Themas auf der Ebene lautlicher Anklänge, die vom Anagramm bis zur Assonanz reichen und damit dem Gedicht eine intensive emotive Färbung geben, die auch noch die unbewußte Rezeptivität des Lesers konditioniert. So ist das Thema der Vanitas schon als ein diffuser Vorklang im ersten Vers enthalten: »*V*oi ch'*a*scoltate in rime sparse il suo*no*«. Es kehrt wieder im ersten Vers des zweiten Quartetts: »del *va*rio stile in ch'io piango e ragio*no*« und wird dann ausdrücklich im folgenden Vers: »fra le vane speranze e 'l van dolore«. Wie kein anderer Lyriker vor ihm beherrscht Petrarca die Kunst, in die Kontingenz lautlicher Konkretion, die *matière signifiante*, sinntragende Echofiguren zu treiben und so der poetischen Idee ihre höchste und konkreteste Verdichtung zu geben.

Warum aber verzichtet dann Petrarca nicht überhaupt auf die Veröffentlichung dieses Werks, auf das er so viel Mühe verwandt, in das er so viel verschwiegenen poetischen Ehrgeiz investiert hat? Könnte das *Fragmentorum liber* als eine *confessio* im Sinne Augustins lesbar sein, das heißt als hochnotpeinliche Preisgabe der eigenen Verfehlungen, wie auch Augustin seine Verfallenheit an die Konkupiszenz preisgegeben hatte? Wäre also die Veröffentlichung des *Canzoniere* ein Akt der *contritio*, der Selbstzerknirschung, um sich so noch einmal in der bereuenden Selbstbestrafung zur »favola del popol tutto« zu machen? Oder sollte das Proömium nicht eher, seiner rhetorischen Aufgabe der *captatio benevolentiae*, der Werbung um Aufmerksamkeit, zuwider, den Leser von vornherein abweisen, statt ihn zu weiterer Lektüre einzuladen? Daß Petrarca seiner ›Vorrede‹ dieselbe poetische Gestalt gibt wie den folgenden Liebesgedichten selbst und damit der ausdrücklichen Negation eine unausdrückliche, aber um so wirksamere poetische Affirmation entgegensetzt, könnte aber bereits als ein Anzeichen dafür gelesen werden, daß Petrarcas poetische Absage an die Dichtung so einfach beim Wort nicht zu nehmen ist, ja daß vielleicht das Eingangsgedicht schon der Ort einer Dialektik, eines Widerspruchs, einer inneren Entzweiung ist, die sich durch das ganze *Liber fragmentorum* hindurchzieht. Sollte der Konflikt zwischen Petrarca und Augustin, wie ihn das *Secretum* austrägt, ohne daß Petrarca am Ende sich den machtvollen Argumenten Augustins ergäbe, nicht auch den *Canzoniere* betreffen? In dieser Perspektive gewinnt das Eingangsgedicht ein neues Gesicht.

»Voi ch'ascoltate«: Viel liegt daran, sich zu vergegenwärtigen, an wen diese Anrede gerichtet ist. Dabei ist es nicht unerheblich, sich die konkrete Rezeption von Petrarcas Dichtung in jenem Moment vor Augen zu halten, in dem Petrarca dem Leser sein endgültiges Werk vorlegt. Die Anrede richtet sich an den Kreis derer, die bereits eine Vorstellung von Petrarcas Dichtung haben, deren Ruhm sich seit dem Augenblick ihrer Entstehung und frühesten, noch zerstreuten Zirkulation als zu einem Canzoniere zusammenschließbaren, singbaren Einzelgedichten bereits ohne Zutun des Dichters verfestigt hat. Petrarca, der Dichter, schaut im Augenblick der Vollendung des *Liber fragmentorum* auf eine erste Phase der schon diffus werdenden Verbreitung zurück, für die das von Jacques Derrida eingeführte Konzept der Dissemination von unmittelbarer Anschaulichkeit ist. Auf diese Phase der Dissemination zurückschauend faßt den Dichter Reue. Reue worüber, über seine einstige Liebesleidenschaft oder nicht eher darüber, daß er, indem er, Dantes Beispiel folgend, seine Dichtung der *vulgaris eloquentia*, der Volkssprache, anvertraute, Gefahr lief, falschen Beifall oder falschen Spott zu ernten? Beides, das *piacer al mondo* und die *favola del popol tutto*, verdanken sich der ungeschützten Zugänglichkeit des Gedichts in der Volkssprache. Petrarca hat die Unbeständigkeit, Wankelmütigkeit dieses Publikums zu seinem Schmerz erfahren, aber auch die Scham darüber, mit der Wahl der Volkssprache auf einen schnellen, breiten Ruhm spekuliert zu haben. Jetzt aber wendet Petrarca sich denen zu, die würdig sind, sein Werk in seiner wahren Gestalt zu erfahren, die seiner Dichtung, seit sie einst entstand und als *rime sparse* in Umlauf kam, treu geblieben sind und die jetzt an der Schwelle stehen, um vom Canzoniere in das Liber hinübergeleitet zu werden, während das *popol tutto* aus dem inneren Kreis der Dichtung ferngehalten werden soll. Denn das Italienische als Sprache des *popol tutto* ist hier zu einer Sprache sublimiert, die nur denen offensteht, die ebenso fähig sind, das Außerordentliche der Laura-Liebe und das Außerordentliche einer auf Dauer angelegten, der Schrift anheimgegebenen Sprachsublimation zu würdigen. Nur diese neue dichterische Sprache der Intimität innerster Befindlichkeit kann die poetische pietà der wenigen Auserwählten auslösen, die Petrarca dichterisch, nicht durch das bloße episodische Faktum seiner unerfüllten Liebe, bewirken will. So erweist sich schließlich das Gedicht, das ganz einer augustinischen Stimmung der poetischen Selbstauslöschung zu folgen scheint, in einer *lectio difficilior* als Affirmation und höchste Hervorbringung des Dichters, der die *Rerum vulgarium fragmenta* mit dem Ehrentitel des Poeta laureatus signiert hat.

Das letzte, 366. Gedicht, die Canzone »Vergine bella che di sol vestita« – sollten die 365 Gedichte, die sich ergeben, wenn man das Proömium abzieht, nicht einen Jahresumlauf des Eingedenkens an Laura bilden? –, bezeichnet wiederum eine Schwelle, wo der Dichter in der Anrufung an die Jungfrau Maria die Laura-Liebe hinter sich läßt. Die zehn Strophen der Canzone und ihre Geleitstrophe sind in ihrer Nähe zur Sprache des liturgischen Gebets ein feierliches Hinübertreten in einen Raum, der sich der Dichtung entzieht und in dem die schmerzhaft-glückselige Verstrickung der irdischen, sterblichen Liebe zu ihrem Ende kommt. Pace, Frieden, ist das letzte Wort, mit dem das Buch der Gedichte an Laura endet. Petrarcas Gedichte stehen im Zeichen von Unruhe und Selbstentzweiung und ihrer Steigerung in der Reflexion und Reflexion der Reflexion. Der Friede des Endes dagegen ist sprachlos, wunschlos und bildlos. Wenn mit dem Wort *pace* folgerichtig der Raum des Gedichts sich schließt, so wird er dadurch aber nicht zurückgelassen, sondern gleichsam versiegelt. Noch der letzte große Schritt hin zum ersehnten Frieden wie zu seinem Schweigen steht nicht jenseits der Dichtung, sondern unter ihrem formalen Gesetz. Der Eintritt in die Welt der Dichtung und ihr Verlassen sind selbst poetische Akte, die dieser Welt zugehören und sie auch noch affirmieren, indem sie sich ihr entgegensetzen.

Ist Dantes *Commedia* eine große, fortgehende, kohärente Welt- und Werkfigur im Zeichen einer großen vertikalen Ordnungsmächtigkeit, so Petrarcas *Liber fragmentorum* eine diskontinuierliche Folge wiederholter Spiegelungen, Variationen und Transformationen, auch wenn eine elementare Zeitstruktur der anwachsenden Entfernung, vom Augenblick der frühesten Begegnung bis zu immer ferneren Stationen des Eingedenkens, den Momenten eines unendlichen inneren Monologs eine innere temporale Struktur gibt. Alle Gedichte in Petrarcas poetischem Buch sind Bruchstücke, Fragmente einer ins Absolute erhobenen Laura-Zeit und einer Laura-Landschaft. Aber zugleich sind es immer Gipfelpunkte, Intensitätsfiguren eines unendlichen, obsessiven Inneseins. Dies Innesein kehrt mit obstinater Beharrlichkeit in fast allen Gedichten des *Canzoniere* semantisch als *pensare*, *pensoso*, *pensiero* zurück. *Pensare* ist bei Petrarca die in ihrem Bedeutungsspektrum changierende Bezeichnung für innere Zustände des Denkens, Empfindens, Vorstellens, Imaginierens, Erinnerns oder Erwartens, sofern sie zur Sprache drängen, ohne dabei zugleich schon sich an eine der vorgängigen Diskursformen zu entäußern. Im Petrarcaschen *pensare* klingt die Tradition des altfranzösischen *penser* nach, der bis zum Selbstverlust treibenden inneren Liebesbetroffenheit im höfischen Roman Chrétiens und in den märchenhaften Verserzählungen der Marie de France, aber zugleich das grübelnde, suchende, existentiell aufgeladene *cogitare* Augustins.

Das Quälerische und zugleich Genußreiche dieses Eindringens in den Abgrund des Bewußtseins, Augustins »abyssus conscientiae«, das erst in der poetischen Gestalt des Gedichts zu seiner Klärung und Ablösung von der Unmittelbarkeit der Subjektivität kommt, findet seine poetische Ausdrücklichkeit in der großen Canzone »I' vo pensando«, die den zweiten, der »Madonna Laura in morte« gewidmeten Teil eröffnet. Die Canzone steht noch nicht im Bann der durch den Tod unwiderruflich gewordenen Trennung. Wohl aber entspringt sie dem Augenblick einer schmerzlichen Bilanz, in der die umworbene Geliebte sich dem, der seine Lebenszeit in vergeblichem Liebesbegehren aufgezehrt hat, schon in eine unerreichbare Ferne entzogen hat. Dem in seiner unerfüllten Liebe trauernden Ich tritt in einer plötzlichen Steigerung seines Bewußtseins das Unglück seiner in ausweglose Widersprüchlichkeit verstrickten Situation vor Augen. Das *pensare* als melancholische Selbstversunkenheit des vergeblich Liebenden verdoppelt sich gleichsam in sich selbst, wird zur schmerzhaft klarsichtigen Selbsteinsicht, in der das *pensare* des *pensare* in zwei konträre

Stimmen auseinanderbricht. Das Italienische kennt die Zusammenstellung des *andare* mit Gerundium, wie in »I' vo pensando«, als eine Ausdrucksform sich wiederholender Tätigkeit. Wie Dante gibt aber auch Petrarca darüber hinaus dem *andare* seine ganze körperliche Konkretheit zurück. Der Weglosigkeit eines Denkens, das kein anderes Objekt, keinen anderen Zielpunkt mehr hat als die Wahrnehmung seiner selbst und ihre Spiegelung in der sprachlichen Ordnung des Gedichts, entspringt ein zielloses, richtungsloses Umhergehen oder besser Umherirren, in dem die innere Unruhe ihren körperlichen Ausdruck findet. So gewinnt das »Io vo pensando« jene Intensität, in der es sich auf sich selbst zurücklenkt, sich schmerzhaft in sich selbst entzweit und doch erst aus dieser Entzweiung die große Bewegung des einen poetischen Vollzugs in der Gestalt des von Gedanken zu Gedanken fortgehenden Ganzen findet, die sich dem einsamen Leser zum imaginären Gesang verwandelt. Die Canzone findet keine Lösung des im *pensare* aufbrechenden Konflikts zwischen Welt-, Zeit- und Sprachverfallenheit des lyrischen Ich und seiner Sehnsucht nach der Welt-, Zeit- und Sprachenthobenheit des christlichen Friedens, welcher höher ist als alle Vernunft. Im Gegenteil, die Dramatik des Gedichts liegt in der immer schärferen, unerbittlicheren Exposition eines radikalen Entweder-Oder. Nur daß eben dies die Differenz zu Augustin markiert: Während Augustin von der Literatur zur Religion kam, tut Petrarca den umgekehrten Schritt von der Religion zur Dichtung. Der Konflikt in seiner ganzen Schärfe ist zugleich die Bedingung der schönen poetischen Form, die ihn in sich aufnimmt und ihm ihre irdische Ewigkeit des Werks gibt, die dem Poeta laureatus das höchste Bedürfnis bleibt.

Petrarcas *pensare* bedarf des Reflexionsmediums, um in immer neuer Gestalt poetisch zu sich selbst zu kommen. Zwei Reflexionsmedien sind es vor allem, in denen Petrarcas lyrische Selbstreflexion sich artikuliert, der antike Mythos, vor allem in seiner durch Ovid vermittelten Form als Künstlermythos, und die Landschaft. In beiden bricht sich die Abwesenheit, Flüchtigkeit der Laura, deren Name zugleich auf einen Mythos des poetischen Ruhms und eine meridionale Landschaft verweist. Die Canzone 23, »Nel dolce tempo de la prima etade«, die er selbst als exemplarisch für seinen Canzonenstil betrachtete, folgt in ihrer Bewegung ganz und gar dem mythischen Schema der Ovidschen *Metamorphosen*. Das Ich dieses Gedichts, dem sich die Erinnerung an seine unglückliche Liebe zu einer unerbittlichen Dame versagt, gewinnt diese zurück, indem es sie auf Episoden des Ovidschen *Metamorphosen*-Buchs projiziert und so die in sich abgeschlossene Metamorphose bei Ovid erneut in Bewegung setzt, so daß eine Metamorphose höherer Ordnung Ovids *Metamorphosen* ergreift und sie zugleich in Bilder eines subjektiven Geschehens der eigenen Innerlichkeit verwandelt, die ihrer selbst erst in der poetischen Ordnung des Gedichts innewird. Die acht Strophen der Canzone und ihr Geleit folgen dem Stationenweg subjektiv-mythischer Verwandlung, an dessen Ende die Verwandlung in jenes Gedicht steht, dem der Leser immer schon folgt.

Das Ich will seine Jahre währende Leidensgeschichte dem Gedicht anvertrauen, »perché cantando il duol si disacerba«, aber die Erinnerung, in deren Bann das Ich steht, verweigert sich aus Angst vor neuem Schmerz und treibt es so in eine Selbstvergessenheit, aus der nur die mythische Adäquation des eigenen Schicksals herausführen kann. So beginnt das Ich in der zweiten Strophe gleichwohl mit seiner Geschichte, an deren Anfang die Erinnerung an die früheste Jugend steht, als Amor noch vergeblich das in sich ruhende, sich selbst genügende Ich zu entzweien suchte. Als es ihm schließlich mit Hilfe einer Dame gelingt, die sich ihm jetzt so unerbittlich zeigt, wie er zuvor unerbittlich gegen Amor gewesen war, beginnt der Leidensweg der Metamorphosen, in deren Bildern sich die Erfahrung immer radikalerer Selbstentfremdung bricht. Amor und die unerbittliche Dame verwandeln ihn in einen grünen Lorbeer, der auch im Winter seine Blätter nicht verliert: »facendomi d'uom vivo un lauro verde, che per fredda stagion foglia non perde«. Während bei Ovid die von dem liebenden Gott Apoll verfolgte Nymphe Daphne sich in einen Lorbeerbaum verwandelt, ist es der Liebende selbst, der hier zum Lorbeerbaum wird, als Liebender der Laura wie als Liebender der *laurea*, des dichterischen Ruhms, den Petrarca selbst, der Poeta laureatus, so sehr begehrte. Der Augenblick der Liebe ist zugleich der Augenblick der Initiation des Dichters, der eben deshalb zum Dichter wird, weil der Entzug der Liebe ihn zur poetischen Kompensation dieses Mangels treibt.

Die erste Selbsterfahrung ist eine Erfahrung des Schreckens über die radikale Selbstentfremdung. Was die erste Strophe nur sachlich berichtete, wird jetzt, in der dritten Strophe, zur Szene der Verwandlung, aus der zugleich hervorgeht, wie sehr Petrarca sich der Überlegenheit seines ›modernen‹, auf die psychischen Erfahrungen der Innerlichkeit bezogenen Dichtens bewußt ist, wenn er dem griechischen Peneus, an dessen Ufern Daphne zum Lorbeer wurde, den »più altero fiume«, den mächtigeren Fluß, entgegensetzt, an dem er selbst die Verwandlung zum Dichter erfuhr. Aber der Lorbeer verwandelt sich sogleich in die weißen Federn eines *cygnus*, eines Schwans – neues Emblem für den zum Dichter Gewordenen –, der trauert um den Sturz seiner Hoffnungen, die sich wie Dädalus zu hoch hinaus gewagt hatten. Das Ich, zum Schwan geworden, der um seine zunichte gewordenen Liebeshoffnungen trauert, kann nur noch singen. Die Klage wird zum Gesang, mit verwandelter Stimme, die der Sprache der Menschen, ihres *parlar*, nicht mehr mächtig ist. Aber statt damit die Geliebte zu erweichen, folgt nun ein neuer Akt von wunderbarer, extremer Grausamkeit: Sie öffnet ihm die Brust, nimmt sein Herz heraus und gibt ihm ein Redeverbot: »Di ciò non far parola.« Als sie in anderer Gestalt wiederkehrt und der Ahnungslose ihr sein Leid klagt, verwandelt sie ihn in einen lebendigen Stein, Bild eines namenlosen Schreckens. Aus dem Inneren des Steins vernimmt das Ich die Stimme der Dame, die ihm seine eigene Stimme versagt. Von Amor in seine ursprüngliche Gestalt zurückverwandelt, vertraut er jetzt seine stumme Klage der Schrift an:

> ond'io gridai con carta e con incostro:
> – Non son mio, no; s'io moro, il danno è vostro. –

Die Dame hat sich ihm jetzt ganz entzogen, und als das Ich sich nun hemmungslos seinem Schmerz hingibt, verwandelt es sich, wie die von Liebe zu ihrem Bruder verzehrte Byblis, in eine Quelle. Endlich von Mitleid ergriffen, gibt die Dame ihm die menschliche Gestalt zurück, aber wieder fleht das Ich um Erhörung, und wieder wird sein Körper in Stein verwandelt, während seine Stimme, körperlos, jahrelang die öde Wildnis klagend durchzieht. Noch einmal werden Körper und Geist zusammengeführt, noch einmal folgt das Ich begehrend der Dame und erblickt sie, wie Actäon Diana, nackt beim Baden und fühlt, Gipfelpunkt der liebenden Selbstentfremdung, wie ihm sein eigenes Körper-Ich entgleitet und er sich zugleich in Jäger und gejagtes Wild verwandelt und wie er als Wild gewordener Jäger vor seinen eigenen Hunden flieht, Bild der höchsten Selbstentzweiung im Medium des verwandelten Verwandlungsmythos. Die Folge der Verwandlungen wird schließlich zur gleichzeitigen Vielfalt der Verwandlungen, in denen das Ich seine Erfahrungsvielfalt spiegelt. Es ist immer noch Hirsch auf der Flucht vor den Hunden, die ihn als Jäger begleiteten, es ist der Adler des Zeus, der zum Himmel steigt, es ist das Feuer des Zeus, den der Blick der Ägina entflammte (*Met.* VII,615), und vor allem ist es noch immer der Lorbeer, der jetzt, am Ende des Gedichts, nicht mehr als Bild des Schreckens erscheint, sondern sich selbst in das tröstliche Bild des *dolce lauro* verwandelt hat:

> né per nova figura il primo alloro
> seppi lassar, ché pur la sua dolce ombra
> ogni men bel piacer del cor mi sgombra.

Mit der Landschaft erschließt Petrarca ein neues Reflexionsmedium für das subjektive *pensare*, das sich seiner selbst innezuwerden sucht, und eröffnet damit der modernen europäischen Dichtung eine poetische Dimension, die sie nie mehr preisgeben wird. Das Ich, das aus der Welt der Kommunikation herausgetreten ist, erschafft sich in der einsamen Landschaft ein neues Medium der Kommunikation, in dem das abwesende Du, die Geliebte, und die abwesende Gesellschaft, die der Dichter hinter sich gelassen hat, zur imaginären Gegenwart werden. Das über sich selbst, seine innersten Antriebe, seine Sehnsüchte und Ängste, seine Selbstverlorenheit in der zeitunterworfenen Gestalt des eigenen Körpers nachsinnende und dabei zu keinem Ende kommende Ich erfährt sich zugleich beim ziellosen Gehen in der offenen, weglosen Landschaft: »Di pensier in pensier, di monte in monte/ mi guida Amor.« So beginnt Petrarcas große Landschaftscanzone 127, mit einer programmatischen Formel, die Bewegung des Denkens und Bewegung in der einsamen, weglosen Landschaft zur Einheit einer komplexen poetischen Erfahrung zusammenfaßt. Die Landschaft wird hier zum Medium des *pensare*, wie das *pensare* erst die Landschaft als subjektiv erfahrene poetisch vergegenwärtigt. So wie die Landschaft dem in ihr Gehenden in der Vielfalt ihrer Aspekte erscheint, erfährt er sich selbst in der Vielfalt und Unbestimmtheit seiner inneren Regungen und damit in seiner Zeitlichkeit: »Et in un esser picciol tempo dura.« Das lyrische Ich, in der Einsamkeit sich selbst zugewandt, erfährt sich nicht nur im Wechsel seiner Befindlichkeiten, sondern in ihrer Widersprüchlichkeit und damit zugleich in seiner problematischen, spannungsreichen Identität. Im Blick eines imaginären Beobachters erscheint ein sich selbst fremd gewordenes Ich:

onde a la vista uom di tal vita esperto
diria: – Questo arde, e di suo stato è incerto. –

Die innere Unruhe treibt das Ich in die Einsamkeit der Landschaft, wo es ganz den inneren Bildern, der inneren Rede hingegeben ist. Gehen und Denken in ihrer Richtungslosigkeit wie in ihrer unvorhersehbaren Spontaneität und fundamentalen Zeitlichkeit werden in der zweiten Strophe ausdrücklich zu einer komplexen Erfahrung zusammengeführt: »A ciascun passo nasce un penser nuovo.« Hoffnung und Verzweiflung der unerfüllten Liebe werden zu Stimmen in einem endlosen inneren Monolog.

Die dritte Strophe vergegenwärtigt im summativen Präsens des Gedichts, daß aus vielen erfahrenen Gegenwarten eine Gegenwart des eingedenkenden Bewußtseins wacht, Augenblicke des Innehaltens im kühlenden Schatten inmitten der Landschaft, wo das Eingedenken des Eingedenkens in die stummen Tiefen der Selbstvergessenheit führt. In solchen Augenblicken wird die imaginäre Präsenz der Geliebten allgegenwärtig: »disegno co la mente il suo bel viso«. So stark ist diese Präsenz, daß sie sich mit den Bildern der Landschaft vereint, die imginäre Geliebte im Wasser oder auf dem Gras erscheint, aber auch in der weißen Wolke. Die Landschaft wird zur Laura-Landschaft, die durchdrungen ist von der obsessiven Allgegenwart der Geliebten, die die vierte Strophe heraufruft. Wenn aber der Bann bricht, der süße Irrtum verfliegt, bleibt das Ich zu Stein erstarrt zurück. Wie in Canzone 23 verwandelt die Stimme sich in die innere Stimme einer melancholischen Erstarrung, die ihr Medium in der Schrift findet:

Poi quando il vero sgombra
quel dolce error, pur lí medesmo assido
me freddo, pietra morta, in pietra viva,
in guisa d'uom che pensi e pianga e scriva.

Die Unruhe treibt das Ich schließlich hinauf auf den höchsten Berg, nicht wie im Mont-Ventoux-Brief aus Neugierde, sondern aus Sehnsucht, aus der Ferne den Ort zu erblicken, an dem die ferne Geliebte wirklich gegenwärtig wäre. Der höchste Ort macht Ferne und imaginäre Nähe als eine komplizierte Gleichzeitigkeit zur vergegenwärtigten Erfahrung, in die sich zumindest für einen Augenblick die Möglichkeit des tröstlichen Gedankens drängt, dort in der Ferne könne die Geliebte ein Bedauern über seine eigene Entfernung empfinden. Im Geleit aber versetzt das Ich sich kühn in diese imaginäre Nähe, die am wirklichen Horizont nur als eine für einen Augenblick beruhigende Möglichkeit aufscheint: Dort, im idealen Glücksland der Laura, wo alles Erfüllung ist, Schönheit der Landschaft und Glück der Begegnung sich korrespondieren, werde die Canzone ihren Dichter finden. Doch ist dies eine Landschaft des Glücks, die allein als eine dichterische, in der Sprache selbst eingesenkte, aus imaginären Sehnsuchtsprojektionen errichtete, möglich ist. Das *ivi*, das imaginäre Hier, zu dem das *là*, das Dort des fernen Augenblicks, sich verwandelt hat, ist der Ort des Gedichts selbst, in dem der Dichter allein seine Laura oder *laurea* zu finden vermag.

Die Erfahrung, die hier im »von Gedanken zu Gedanken« als dem Formgesetz der fortgehenden Canzone ihren Ausdruck findet, hat in dem Gedicht »Solo e pensoso« ihre endgültige Gestalt unter den Formbedingungen des Sonetts gefunden. Das Gedicht hatte auf die Geschichte der europäischen Landschafts-, Liebes- und Einsamkeitslyrik einen unabsehbaren Einfluß, fast könnte man sagen, es sei das ›Leitfossil‹ einer ganzen europäischen und neuzeitlichen Konzeption des Lyrischen geworden. »Solo e pensoso«: dies ist die Formel für die Konstitution eines neuen lyrischen Ich, das zu seiner Sprache findet, indem es sich von der Gesellschaft ab- und den eigenen inneren Regungen zuwendet. Das Ich ist »allein und selbstversunken«, wobei *pensoso* im Italienischen zugleich ›traurig‹ bedeuten kann. Dies Ich geht langsam, zögernd durch das verlassene, einsame Feld, als wollte es eine Wegstrecke abmessen. Dies ist ein Anblick von genauer, gestischer Prägnanz, der in der rhythmischen Prägnanz einer verlangsamten Bewegung seinen sprachlichen Ausdruck findet. Die Erscheinung des einsamen Ich in der verlassensten Landschaft, das dort mit langsamen, messenden Schritten einhergeht, hat etwas Befremdliches, ja, für den zeitgenössischen Leser wohl mehr als für uns, etwas Absonderliches, um nicht zu sagen Wahnwitziges. Die Gerundialkonstruktion »vo misurando« ist wiederum von der Art, daß in ihr nicht das Messen als eine sich wiederholende Tätigkeit spezifiziert wird, sondern daß es umgekehrt die Weise des Gangs spezifiziert. Aber was könnte das Ich mit seinen Schritten in der Einsamkeit messen wollen? Das Verb dient allein dazu, von außen einen Eindruck der befremdlichen, langsamen, schweren Gangart zu charakterisieren, die dem Beobachter und damit auch dem Leser die Frage aufwerfen muß: Was bewegt das Ich dazu, offensichtlich in der Einsamkeit zu verweilen, statt sie, wie zu erwarten wäre, zielstrebig zu überwinden?

Aber die Fragen, zu denen das erste Quartett den Leser nötigt, sind damit noch nicht erschöpft. Was veranlaßt das in der Gegenwartsform sprechende Ich, sich so darzustellen, als nähme es sich selbst wie einen Fremden von außen wahr, dessen Verhalten alle Zeichen der Rätselhaftigkeit trägt? Diese zweifache Rätselhaftigkeit wird aber dadurch noch gesteigert, daß das Ich nicht nur in sich selbst versunken und seiner selbst ansichtig ist, sondern daß es zugleich den Blick in der intensivsten Anspannung der Aufmerksamkeit zu Boden richtet, um bei der geringsten menschlichen Spur, die es selbst hier noch, in der größten Einsamkeit, befürchtet, panisch die Flucht ergreifen zu können. Die sich selbst vorstellende Rätselgestalt in der Einsamkeit nötigt den Leser, ihr mit seinen Erfahrungsschemata zu begegnen, sie zu ›lesen‹. Nahe läge es zumindest, in der Gestalt des Einsamen einen weltflüchtigen Eremiten wahrzunehmen. Die fromme, christliche Weltflüchtigkeit hat eine lange Tradition, die Petrarca selbst in seiner Abhandlung *De vita solitaria* (Vom einsamen Leben) dargestellt hat. Aber was sollte den frommen Einsiedler in die Widersprüchlichkeit zwischen Selbstversunkenheit und erregter Fluchtbereitschaft treiben, der in jedem Augenblick gleichsam schon das Phantasma der abwesenden menschlichen Fußspur vor Augen tritt?

Dem in der lateinischen Literatur bewanderten Leser, mit dem Petrarca rechnet, stellt sich hier eine andere Erinnerung ein, die des in der Einsamkeit umherirrenden Bellerophontes, wie er in Ciceros *Gesprächen in Tusculum* in einem Zitat aus dem 6. Gesang der Homerschen *Ilias* vergegenwärtigt wird. Bei Homer ist es der Schmerz um den Verlust des Sohns und der Tochter, der den Untröstlichen in die Einsamkeit treibt. Dort »Irrt' er umher einsam, sein Herz von Kummer verzehret,/ Durch die aleïsche Flur, der Sterblichen Pfade vermeidend« (VI,201f.). Bei Cicero ist Bellerophontes eine der großen Beispielfiguren für die maßlosen und verabscheuungswürdigen Formen des Trauerns. Daß Petrarca sich bei seiner Eingangsstrophe an Cicero und mit seiner Hilfe an Homer erinnert, geht aus dem *Secretum* eindeutig hervor, wo Petrarca ebendiese Stelle wiederum von Augustin zitieren läßt. Augustin ruft Petrarca seine unglückliche Liebe in Erinnerung, die ihn den Menschen entfremdet und als neuen Bellerophontes in die Einsamkeit getrieben habe. In diesem Zusammenhang läßt Petrarca Augustin Cicero zitieren, der selbst Homer zitiert. Der in Ciceros Deutung einer unvernünftigen, weil maßlosen Trauer verfallene, die menschliche Gesellschaft meidende Bellerophontes wird dem

Augustin des *Secretum* zum Bild für den seiner unerfüllten Liebe bis zum Wahnsinn verfallenen Petrarca, der in einer Selbstvergessenheit lebt, die zugleich Gottvergessenheit ist. Ob Petrarca von den späteren Fortführungen der Bellerophontes-Legende Kenntnis haben konnte, die Bellerophontes zum Besitzer des Wunderpferdes Pegasus machen, dessen Hufschlag die Quelle des Helikon entströmen ließ? Die Weltflucht ist nichts anderes als eine gesteigerte Form der Weltverfallenheit. Das Ich des Sonetts, das sich seiner zugleich in der Innen- wie in der Außenperspektive gegenwärtig ist, stellt sich damit in einer inneren Spannung dar, die im *Secretum* in die antagonistischen Stimmen von Franziskus und Augustinus auseinandergelegt ist.

Erst im zweiten Quartett erfährt der Leser das überraschende Motiv, das den Dichter in die Einsamkeit trieb: Es ist weder die Trauer noch das Glück der Einsamkeit, sondern die panische Angst, das Innerste der eigenen Gefühle in der nicht mehr kontrollierbaren Sprache des eigenen Körpers ungeschützt den indiskreten Blicken preiszugeben. Das innerlich vor Liebesleidenschaft glühende Ich verrät sich gerade durch die Leblosigkeit seiner Körpersprache:

perché ne gli atti d'alegrezza spenti
di fuor si legge com'io dentro avampi.

Die Leute, vor denen das sprechende Ich flüchtet und deren mögliche Nähe es noch immer fürchtet, sind ebenjene, von denen Petrarca im Eingangsgedicht sagt, er sei zu ihrem Gespött geworden. Wenn das Ich sich aber schon in der ersten Strophe selbst als ein lesbares darstellt, dann spricht es nicht nur selbstversunken für sich selbst, sondern für jene, die das Eingangssonett schon als den privilegierten Kreis derer anspricht, die sich als Liebesverständige und ebenso als der privilegierte Kreis verständiger Leser vom »popol tutto« unterscheiden.

Mit dem »si« (so sehr), das die beiden Terzette einleitet und deren Tonalität bestimmt, erschließt sich die weltverwandelnde Macht der subjektiven Befindlichkeit, die nicht nur als Verfallenheit an einen Trug bloßgestellt, sondern in ihrer poetischen Seinsmächtigkeit behauptet wird. So sehr steht das Ich im Bann seiner Liebesleidenschaft, daß sich ihm die Subjekt-Objekt-Relation verkehrt, die erschaute zu einer schauenden Landschaft wird, in deren Blick das Ich sich in seinem verborgenen Innern offenbart. Als schauendes und verstehendes Subjekt ist die Landschaft ein Identifikationsmoment für den schauenden, verstehenden Leser, der gleichsam selbst aus der indifferenten Gesellschaft gelöst und dem so eine neue und unerhörte Erfahrung angesonnen wird. Die Landschaft wird zum Supplement der abwesenden Gesellschaft, aber zugleich zum Versprechen einer neuen Kommunikation mit einem Leser, den das Werk der *Fragmente* sich erst erschaffen muß.

Jenseits von Weltflucht und Weltverfallenheit steht im letzten Terzett das imaginäre Gespräch, die imaginäre Kommunikation des Dichters mit Amor und so zugleich mit einem Leser »chi per prova intenda amore«, der die höhere Wahrheit eines zur Dichtung drängenden Liebesverlangens versteht. Von hier aus fällt aber auch ein neues Licht auf den Anfang. Der scheinbar ganz und gar seiner unkommunikativen Einsamkeit verfallene neue Bellerophontes ist in Wirklichkeit schon das im unendlichen Wechselgespräch mit Amor stehende Ich, das schon im Versmaß seines werdenden Gedichts spricht. *Pensare*, einsames inneres Denken, *ragionare*, gemeinsames Sprechen, verbinden sich zu einem Dritten, dem *poetare* als ihrem dichterischen Vollzug, in der konkreten Gestalt des Sonetts, die dem Dichter eine äußerste Ökonomie der Sprache abverlangt. In »Solo e pensoso« spricht sich die Leidenschaft nicht leidenschaftlich aus, sie zeigt sich vielmehr in der Dichte ihrer komplexen Symptome dem ›lesenden‹ Leser an. Die Sprache der Vergegenwärtigung selbst bleibt von der luziden Durchsichtigkeit eines argumentativen *pensare*, das ebensosehr die intellektuelle wie die emotionale Partizipation verlangt. Der Leser erfährt den Zustand einer extremen inneren Spannung, die ihr letztes Moment im Gedicht selbst hat, in dem diese sich zur Endgültigkeit einer sprachlich vermittelten Erfahrungsfigur klärt.

Die Landschaft ist in Petrarcas *Canzoniere* allgegenwärtig, und zwar nicht so sehr als malerische Konkretion, sondern als ein landschaftlicher Umraum, der immer zum Reflexionsraum des in ihr sich erfahrenden Ich werden kann. Die Landschaft wird zum Ort, mit dessen Präsenz sich die Erinnerung an die Geliebte verbindet. Immer wieder erfaßt das Petrarcasche Gedicht den Augenblick der höchsten Intensität, wo die abwesende Geliebte aus der Landschaft entgegenzutreten, Momente der Landschaft sich in die Geliebte zu verwandeln scheinen. Das Ich, das die Landschaft in ihren wechselnden Momenten und Aspekten erblickt, erblickt zugleich Aspekte, Momente der Begegnung mit der sich entziehenden und schließlich durch den Tod entzogenen Geliebten. Wie in den 365 Gedichten des *Buchs der Fragmente* sich die gebrochene Zeit zur Totalität der Laura-Zeit im Jahresumlauf zusammenschließt, so kommen alle Landschaften zu der einen übergreifenden Laura-Landschaft zusammen, die sich in eine Textlandschaft verwandelt. Die Landschaft kann als gegenwärtige auf die sich entziehende Geliebte verweisen, deren Ich, das aus der Gesellschaft herausgetreten ist, zum neuen imaginären Partner eines inneren Dialogs werden, aber die Landschaft kann sich als abendliche oder nächtliche auch selbst ins Gestaltlose entziehen. Dann werden die Stimmen in der Landschaft zu Stimmen der unsichtbaren Landschaft selbst. So erscheint die Landschaft in dem Sonett »Vago augelletto che cantando vai«, das einmal unmittelbar vor der Schlußcanzone stehen sollte, dort aber durch den Ton seiner sanften und radikalen Melancholie wohl eher erratisch hätte wirken müssen.

Die Tiefe der Landschaft erscheint in diesem Sonett einzig als der Raum, der sich imaginär öffnet im Vernehmen einer umherfliegenden Nachtigall oder auch einer Mehrzahl, die aus wechselnder Nähe und Ferne vernehmbar ist. Dem einsamen Ich scheint hier der Ruf der Nachtigall, die freilich als »augelletto che cantando vai« nur vage genannt wird, ein Zeichen der Kommunikation und des tiefen, tröstlichen Einvernehmens, das doch nur eine Projektion des eigenen *pensare*, des in sich selbst befangenen Nachsinnens ist. Dem Ich scheint die Stimme aus der Ferne eine

Klage über den vergangenen Tag, das vergangene Jahr, die der Klage im eigenen Inneren zu korrespondieren scheint und doch nur dessen Projektion ist. In der Irrealität der Korrespondenz imaginiert das Ich, der ferne Vogel könne nicht nur seinen eigenen Schmerz, sondern auch den des fernen Ich erfahren und käme, um den Trostlosen, den *sconsolato*, zu trösten. Aber ist nicht der Gedanke selbst schon ein Trost? Und ist er nicht der Grund des poetischen Trosts, der sich über eine abgründige Erfahrung von Trostlosigkeit erhebt? Im letzten Terzett bedenkt das Ich, daß das eigene, bewußte Leid das bewußtlose und vielleicht flüchtige des kleinen Vogels überwiegen könnte. Wenn der Gesang aus der Ferne, dem Raum einer imaginären Erinnerungslandschaft, im Ich die Erinnerung an Glück und Leid erweckt, die das Ich beide der Geliebten verdankt, so steht am Ende des Gedichts die mitleidvolle Zuwendung zu dem kleinen imaginären Partner eines Dialogs, der beginnen müßte, wo das Gedicht selbst sein Ende findet. In diesem ruhigen Gedicht von durchdringender Melancholie, einem der schönsten und unbekanntesten Petrarcas, ist die Einfachheit der sprachlichen Fügung eine Figur höchster psychischer Komplexität, die ruhige Sprache eine Ausdrucksfigur der intensivsten Empfindung.

Es gibt kaum ein Gedicht in Petrarcas Gedichtsammlung, in dem sich nicht das Kennwort *pensare* oder eines seiner Äquivalente findet. Petrarcas Gedichte sind Gestaltwerdungen eines Denkens, Nachdenkens, Andenkens, Eingedenkens, dessen unruhige Bewegung erst in der Konkretheit des Gedichts mit seinem syntaktischen Bau und seinen formalen Gliederungen zu seinem Abschluß kommt, der freilich ebenso vorläufig ist wie die Anordnung der Gedichte zur Figur des *Buchs der Fragmente*. In jedem Gedicht bildet der harte Knochenbau des *pensare* so etwas wie ein logisch-argumentatives Gerüst. Aber die Struktur des poetischen Gedankens verändert sich mit der poetischen Form, an die er sich entäußert. Die Canzone ist der Ort eines Fortgehens »di pensier in pensier, di monte in monte«. Hier hat der Gedanke Raum, sich im Fortgang zu entfalten, sich in sich zu entzweien, ohne in der Entzweiung doch seine Identität zu verlieren. Kaum je ist der Duktus der Canzone narrativ, er folgt dem ausgreifenden Prozeß der gedanklichen Durchdringung eines in Spannungen und Widersprüchen zu sich findenden Bewußtseins. Der enge Raum des Sonetts dient der Exposition des einen, zur höchsten Prägnanz getriebenen, in seiner Dialektik pointiert zugeschliffenen Gedankens oder Bewußtseinsfragments. Wenn die Canzone ihre eigene Variabilität und Variation in sich enthält, so setzt das eine Sonett die wiederholten Spiegelungen komplementärer, variierender, transformierender Sonette voraus. Wird in der Canzone der Schluß einer Geleitstrophe anvertraut, die das Gedicht noch einmal in eine neue kommunikative Perspektive bringt, da in ihr das sprechende Ich das gewordene poetische Werk selbst anspricht, so ist der Schluß des Sonetts von pointierter Prägnanz und oft sentenzhafter Geschliffenheit, die dem nachklingenden Schweigen einen Raum eröffnet. Dagegen ist die Sestine mit ihren von Strophe zu Strophe identischen, aber in ihrer Reihenfolge permutierten Reimen die Form einer melancholischen Insistenz des beständig in sich selbst zurücklaufenden Gedankens und damit die eigentliche Form der poetischen Trauerarbeit, wie in der Sestine »Non ha tanti animali« (237). Von ganz anderer Tonalität sind schließlich Madrigal und Ballata, beides Formen von leichtem, ausgeprägtem, schnellem Rhythmus, der den leichten, ja manchmal fast leichtfertigen Gedanken freisetzt, wie in dem Madrigal »Lassare il velo«, wo die Klage über den Schleier, der das Gesicht der Dame bedeckt, seit das Ich seine Liebe verriet, so leichtfüßig daherkommt, daß der Klage der Stachel der Schwermut genommen scheint, die sonst so oft der Grundton des *pensare* ist.

Petrarcas Gedichte in der Volkssprache sind ›Fragmente‹, nicht weil sie nicht formal zum Abschluß gekommen wären oder ihren inneren Spannungsbogen abbrächen, ohne daß er seine Gedankenfigur vollendet hätte, sondern weil prinzipiell das Petrarcasche *pensare* immer neu ansetzen muß und an kein Ende, zu keiner endgültigen Klärung kommen kann. Weltflucht und Weltverfallenheit, Leidenschaft und Ermüdung, Glück und Verzweiflung, Ruhmbegierde und resignative Einsicht in die Eitelkeit der Welt folgen aufeinander in nie endendem Wechsel und sind zugleich in ewigem Widerstreit im Augenblick selbst einander entgegengesetzt. Petrarcas Lyrik in der Volkssprache, einem neuen Konzept subjektiver Komplexität und innerer Vielfalt entsprungen, steht unter dem Gesetz einer nichtlinearen problematischen Simultaneität der Kontexte als Ausdruck eines problematischen, in sich selbst entzweiten lyrischen Ich. Petrarca steht damit am Anfang einer spezifisch modernen Möglichkeit des Lyrischen, die seither zu immer komplexeren Figuren thematischer Simultaneität weitergetrieben worden ist. Paradigmatisch für diese Komplexität lyrischer Artikulation ist das Eingangsgedicht in seiner unauflösbaren Vieldeutigkeit, in der sich ein in sich selbst widersprüchliches Ich ausspricht. Das sprechende Ich entzweit sich in sich selbst, sein *pensare* ist der eigenen unruhigen Innerlichkeit wie den wechselnden Anblicken des Landschaftlichen oder des Mythos zugewandt. Darüber hinaus aber ist die konkrete poetische Realisierung in ihrer lautlichen Oberfläche der Schauplatz sekundärer und oft obsessiver Anklänge und anagrammatischer Konfigurationen. So zieht sich der Name der Geliebten Laura, in dem das Verlangen des Dichters nach der *laurea* zeitüberdauernder Wirkung sein Echo hat, als Lautfigur mit Lautvariationen, die neue Bedeutungen binden und zugleich die eine Bedeutung aufrufen, durch das ganze Gedicht: Laura, aura, ora, oro. Aber jede der Laut-Bedeutungskonfigurationen kann ihrerseits noch einmal die Basis für metaphorische Äquivalente und damit für den Übergang von Bedeutungssphäre zu Bedeutungssphäre sein. Zu dieser Dynamik der Bedeutungsbildung in der ständigen Interaktion von Lautgestalt und Sinngestalt, in der die Ausdrucksebenen der Sprache sich zum Ort einer eigenen Totalisierung des Laura-Mythos als Mythos des Poetischen selbst verwandeln, kommt die Dynamik pluraler intertextueller Verweisungen hinzu. Schafft die anagrammatische Lautstruktur von Petrarcas Gedichten eine das Unbewußte des Lesers steuernde beständige Präsenz der leitenden Vorstellungen der *laurea* einerseits, des *vano*, der Vergeblichkeit, andererseits, die ihren Fokus haben im antagonistischen Konzept einer *vana laurea*, so ist die Sphäre intertextueller Verweisungen eine Möglichkeit der internen semantischen Steigerung, Vervielfältigung, Vertiefung, die einen Memoria-Raum der Literatur und Dichtung heraufruft, der idealiter auch beim Leser vorausgesetzt ist.

Hier hat für den heutigen Leser mit seinem gewandelten Referenzsystem der Kommentar seine unersetzliche Aufgabe. Petrarcas Dichtung wird zum Ort pluraler Intertextualität, in der sich die innere Pluralität und Komplexität des Gedichts noch einmal vervielfältigten. Die biblischen Schriften und die Psalmen sind im *Canzoniere* allgegenwärtig. Nicht minder ist es Augustin, besonders mit den *Confessiones*. Aber hinzu kommt, völlig gleichberechtigt, die Präsenz der paganen weltlichen Dichtung in lateinischer Sprache, besonders Ovids und Virgils, aber auch Catulls und Tibulls, und nicht zuletzt die des Horaz, des großen Beispieles für ein Buch lyrischer Gedichte von höchstem gestalterischen Anspruch. Wenn Petrarca so jedes seiner Gedichte zum Schnittpunkt vielfältiger intertextueller Verweisungen macht, so bleiben diese in ihrer poetischen Aktualisierung doch nicht unverwandelt. Die sinnliche Unmittelbarkeit von Ovids Verwandlungsmythen wird zur Metapher komplizierter subjektiver Befindlichkeiten, epische Momente der Vergilschen *Aeneis* verwandeln sich in absolute Chiffren subjektiver Erfahrung und treten damit erst eigentlich in ihrer lyrischen Potentialität hervor, wie die Evokation der Nacht im 4. und 6. Buch. Aber auch die Verweisungen auf Bibel und Kirchenväter erhalten einen neuen affektiven Wert im lyrischen Seelendrama, das sich in jedem Gedicht vollzieht.

Im 10. Buch der *Confessiones* geht Augustin der ursprünglichen Bedeutung von *cogitare* nach, jener Bezeichnung, die er mit Vorliebe verwendet, um sein eigenes Denken als einen unauflösbaren Zusammenhang von Reflexion, Erinnerung und existentiell gedeuteter Emotion zu benennen. Wenn Gedächtnis zunächst einen zerstreuten, ungeordneten, abrufbaren Vorrat des Vielfältigen bedeutet, das immer mehr zunimmt und sich so immer mehr zerstreut, so bedeutet *cogitare* im Gegenzug eine bewußt aneignende Sammlung und Konzentration. *Cogitare*, denken, ist ein *cogere*, Zusammenführen, der im Gedächtnis verstreuten Dinge, »ex quadam dispersione colligenda«. Petrarcas *pensare* ist das volkssprachige und zugleich lyrische Äquivalent von Augustins *cogitare*.

Doch steht seine Wiederholung unter neuen Bedingungen: Petrarcas *pensare* erfüllt sich nur in poetischer Konkretion, seine Verdichtungsleistung des *colligere* ist nicht mehr allein von argumentativer Art, sie folgt den poetischen Formbedingungen, aus denen eine Einheit neuer Art hervorgeht, die das Vielfältige bindet. Die Komplexität dieses Denkens aber, in der das Vielfältige in prägnanten Figuren des spannungsreichen Inneseins zusammentritt, kennt eine Vorzugsgestalt, die ebenso wie das *pensare* als eine Manifestation des *pensare* fast in jedem Gedicht Petrarcas wiederkehrt. Es ist die Form der gerundialen Verknüpfung, in der zwei unterschiedliche, doch gleichzeitige Tätigkeiten zur Kopräsenz einer komplexen Aufmerksamkeitsgestalt zusammengeführt werden wie in den Formeln »io vo cantando«, »io vo piangendo«, »io vo pensando«. Hier geht es nicht mehr darum, eine einzige Tätigkeit, zumal mentale Tätigkeit, in ihrer Wiederholung und Dauer wahrzunehmen, sondern die spannungsreiche Vielfalt selbst einem *pensare* neuer Ordnung als diese aufzugeben. So wird das *pensare* bei Petrarca zur poetischen Form der Bewußtseinserweiterung, die im syntaktischen Bau der Verse, ihren formalen Ordnungen und semantischen Verdichtungen ihr poetisches Korrelat hat.

III

Petrarcas Einfluß auf die geistige Welt der Neuzeit ist kaum zu ermessen. Wenn es ihm nicht vergönnt war, wie Dante ein großer Vollender zu werden, so war er doch ein großer Anreger, dessen beweglicher, erfindungsreicher Geist in vielfältiger Weise den Tendenzen einer sich schon ahnenden neuen Zeit zur Sprache half und ihnen so erst ihre erste Wirkungsmächtigkeit verlieh. Petrarca, der leidenschaftliche Kritiker von *translatio imperii*, *translatio studii* und *translatio ecclesiae*, erfand die Rede vom dunklen Zeitalter, das sich zur Anschauung vom Mittelalter zwischen dem Glanz einer vergangenen antiken Welt und den hoffnungsvollen Zeichen eines neuen leuchtenden Tages der Menschheit verdichten sollte. Petrarca gelang es, das Mittelalter als Vorstellung einer illegitimen, weil von Rom fortstrebenden Epoche im intellektuellen Bewußtsein Europas festzusetzen. Der Gedächtnispolitiker, der vermöge einer negativen Mnemotechnik das Gedächtnis an das Mittelalter auslöschen und es so zu einem wahrhaft dunklen Zeitalter machen wollte, hatte über Jahrhunderte ungeahnten Erfolg. Das dunkle Mittelalter, die Zeit der großen europäischen Kulturkatastrophen, wird in ganz Europa zum Topos, bis sich mit den frühen Romantikern eine positivere Bewertung des Mittelalters durchsetzt. Mittelalter und Renaissance sind gleich ursprüngliche Epochenkonzepte, die sich beide Petrarca verdanken. Petrarcas unbändige Hoffnung auf eine Wiedergeburt der Kultur, wie sie nicht nur in den prophetischen Passagen der *Africa* zum Ausdruck kommt, wird einer der großen Ursprünge der epochalen Erfahrung der Epochenschwelle. Bei Petrarca selbst wird erstmals Dantes religiös-metaphysische Wiedergeburtsmetaphorik, wie sie das *Purgatorio* einleitet und abschließt, zur geschichtlichen Anschauungsform, ebenso wie der dramatische Übergang von der Dunkelheit des *Inferno* zur farbigen Helligkeit des *Purgatorio* zur Anschauungsform der Epochenschwelle wird. Petrarcas Hoffnung wird in Italien zum Ferment eines neuen Selbstbewußtseins werden, das in Kunst und Literatur des 15. und 16. Jahrhunderts sich triumphierend ausspricht. Beim Übergang nach Frankreich aber wird die leitende Idee der Wiedergeburt der antiken Kultur sich mehr und mehr ihrer rückwärtsgewandten Momente entledigen und in die Vorstellung eines auf Frankreich bezogenen Fortschritts einmünden, der sich im Siècle des Lumières, dem Zeitalter der Aufklärung, als einer neuen, französischen Renaissance oder vielmehr *naissance* feiert. Voltaire, d'Alembert, Rousseau, Condorcet sind gleichermaßen von der Wirklichkeit des ›dunklen Zeitalters‹ überzeugt, das noch immer seinen Schatten in die Gegenwart wirft, und von einem siegreichen Licht der Vernunft, wie es in Mozarts »Zauberflöte« hymnisch begrüßt wird.

Petrarcas Geschichtsauffassung, die selbst geschichtsmächtig werden sollte, ist auf den konkreten, realen Ort Rom zentriert. Daher bestreitet er mit Vehemenz die Legitimität jeder Form der *translatio*, die Rom zu einer Idee machen will, der auch anderenorts eine neue und bessere Verwirklichung gelingen könnte. Daß die Päpste aus Avignon nach Rom zurückkehrten, ist zweifellos nicht Petrarcas alleiniges Verdienst, aber er gab dieser Rückkehr eine mächtige Stimme, und zweifellos war der Roma-Zentrismus seines Lebenswerks eine der geistigen Energien, der das Rom der Päpste im 15. und 16. Jahrhundert sein Aufblühen zu einem neuen intellektuellen und kulturellen Zentrum verdankt.

Als Gedächtnispolitiker ebenso wie aus eigener Neigung suchte Petrarca als einer der ersten das zerrissene Netz der antiken Traditionen, des historischen Wissens und der literarischen Texte neu zu knüpfen und die in den Klosterbibliotheken Europas schlafenden Texte zu erwecken und neu in Umlauf zu bringen. Während für Dante die Tradition der antiken Literatur einfach ›da‹ ist und keiner historischen Differenzierung bedarf, hat Petrarca erstmals einen akuten historischen Sinn für den Zusammenhang der Werke und der Autoren und sucht nach den Leerstellen der Überlieferung, um diese mit konzentrierter Bemühung und unter Fruchtbarmachung des Kommunikationsnetzes, das seine Briefe über Europa gespannt hatten, zu schließen. In dieser neuen, bahnbrechenden Hinwendung zum Text in seiner ursprünglichen Gestalt und Geltung und in seinen gegenwärtigen, oft nur allzu defizienten Erhaltungszuständen hat man zu Recht Petrarca als den »Vater des Humanismus« gesehen. Nur daß seine reiche Gestalt darin nicht aufgeht, einer der großen Anreger des Renaissance-Humanismus gewesen zu sein.

Mit welchem historischen Sinn und welcher Kraft der Differenzierung Petrarca der Überlieferung entgegentritt, zeigt sich frappant in einem Brief an Karl IV., wo er diesem eine Expertise über die Echtheit zweier Briefe von Julius Cäsar und Nero gibt (*Sen.* XVI,5). Petrarca führt den Nachweis der Fälschung mit stilistischen ebenso wie mit historischen Argumenten und beweist dabei eine bemerkenswerte Scharfsinnigkeit. Aber nicht nur suchte er eine klare historische Vorstellung vom Gang der lateinischen Literatur zu gewinnen, ihm ist auch die erste Begegnung des westlichen Europa mit der konkreten Textgestalt der Homerischen Epen zu danken, während Homer noch für Dante in einer mythischen Ferne der Überlieferung lag. Mit der Übersetzung Homers durch Leontio Pilato wurde er erstmals als Text zugänglich. Damit war zugleich ein großer Anfangspunkt für die Wiedergewinnung der vergessenen griechischen literarischen Tradition gesetzt, die im 15. und 16. Jahrhundert zuerst in Italien, dann in ganz Europa aus philologischen Großtaten hervorging. Auch hier ist es Petrarca, der den Stein ins Rollen brachte. Aber damit sind Petrarcas Reserven für die zukünftige Geltung der italienischen Renaissancekultur in Europa noch nicht erschöpft. Petrarca, der als Gedächtnispolitiker neue Wege zur Welt der antiken Literatur und des antiken Geistes erschloß, um so zugleich der politischen illegitimen Gegenwart die glanzvolle Vergangenheit entgegenzusetzen, faßte, in Überbietung Dantes, zugleich das Projekt einer literaturwürdigen italienischen Gemeinsprache, die in seiner Dichtung exemplarisch zur Geltung kommen sollte. Mehr als Dante ist es Petrarcas geschmeidiger, eleganter, wohltönender Sprache zu verdanken, daß das Italienische als Literatursprache von europäischem Prestige das Französische ablösen konnte, das als einzige mittelalterliche Volkssprache Werke von europäischer Geltung und Zirkulation hervorgebracht hatte. Es gehört zu Petrarcas problematischem, widersprüchlichem Verhältnis zur nachantiken, modernen europäischen Wirklichkeit, daß er deren unstreitige Bedeutung für seine eigenen geistigen Orientierungen verschweigt und vielleicht auch vor sich selbst verdrängt. Dies gilt für den Einfluß des scholastischen Nominalismus auf seine Erfahrung der Vielheit, für den Einfluß der französischen Literatur und besonders des *Rosenromans* auf sein eigenes Werk, für die Bedeutung Avignons als Ort der ihn prägenden intellektuellen Welt im Austausch von Nord und Süd, für die gewaltige Bedeutung Dantes noch in der Abwendung von ihm und nicht zuletzt für die Bedeutung des Italienischen als dem sprachlichen Medium seiner ambitioniertesten Dichtung. Petrarca, der dem Italienischen seine neue, zukunftsgerichtete Gestalt gab, hat sich, anders als Dante, der der *vulgaris eloquentia* höchsten Rang beimaß, fast nie über das Italienische geäußert. Aber er hätte wohl nicht seinen höchsten Ehrgeiz, seine höchste Geduld an dies eine Werk in der Volkssprache gewandt, hätte er diese nicht dessen würdig befunden.

Gegen Dante macht Petrarca die Lyrik als Form der in sich gedrungenen Diskontinuität zum Gegenstand seines höchsten poetischen Anspruchs. Das neuzeitliche Europa verdankt Petrarca eine Form lyrischer Verdichtung und Komplexität, die so zuvor kein Beispiel hat. Das sprechende Ich seiner Gedichte ist ein bewegliches Verhältnis widersprüchlicher Momente, die sich einer einfachen, einhelligen Identität widersetzen. Das komplexe Subjekt der Rede artikuliert sich in einer komplexen, mehrdimensionalen Figur des Eingedenkens, in der Ich und Nicht-Ich als Korrespondenz oder Dissonanz aufeinandertreffen. Laura, die abweisende, ferne Geliebte, um die alle Gedichte des *Canzoniere* kreisen, ist das Emblem eines höchsten Anspruchs des Dichters an seine Dichtung und an sich selbst. Wenn dieser aber nur einlösbar ist in der extremen Verdichtung der lyrischen, selbstzentrierten, in sich selbst zurückkehrenden Rede, so sind die Bruchstücke eines unendlich kreisenden, ›irrenden‹ Monologs doch zugleich Momente eines komponierten und kalkulierten Zusammenhangs, der von werkhaftem Anspruch ist und die Form des Buchs im Gegensatz zur bloßen Sammlung des *Canzoniere* prätendiert.

Petrarcas Lyrik der in sich zerfallenden Subjektivität steht am Ursprung der neuzeitlichen Dichtung in Europa, aber diese hat in höchst unterschiedlicher Weise auf Petrarca und die poetischen Reserven zurückgegriffen, die er in seine Dichtung investiert hat. Eine erste große europäische Rezeption, die ihren Einsatzpunkt in der Kanonisierung der volkssprachigen Dichtung durch den humanistischen Kardinal Bembo und dessen Verteidigung der Dichtung in der Volkssprache hat, steht im Zeichen des sogenannten Petrarkismus, der die immanente Variationsstruktur von Petrarcas Dichtung freisetzt und im kunstvollen Zitat Petrarca zugleich als normativen Dichter affirmiert und innovativ, oft aber auch reduzierend weiterführt. Dagegen wird die große Lyrik seit Rousseaus Theorie der Entzweiung von Subjekt und Gesellschaft im Subjekt selbst in der Linie von Petrarcas Dichtung der problematischen Subjektivität nach neuen poetischen Intensitäten suchen. Daß

Goethe seine Gedichte als »Bruchstücke einer großen Konfession« versteht, ist ohne Petrarcas *Buch der Fragmente* und dessen Rezeption durch Rousseau kaum zu denken. Mehr als jeder andere Dichter vor ihm könnte Goethe als neuer Petrarca verstanden werden, nicht nur weil er mit dem Titel seiner Autobiographie »Dichtung und Wahrheit« gleichsam eine Formel auch für Petrarcas Selbstmythisierung gefunden hat, sondern weil die Vielfalt seiner Selbstentwürfe und Selbststilisierungen unmittelbar dem Vorbild Petrarcas zu entspringen scheint. Wenn Goethe hier vielleicht nicht unmittelbar Petrarca folgt, so doch einem Bild menschlicher und poetischer Vielfalt und Vielseitigkeit, das seinen Ursprung in der Goethe wie keinem anderen Dichter seiner Zeit vertrauten Renaissance hat, die ihrerseits auf Petrarca zurückführt.

In anderer Weise sind Hölderlin und Leopardi moderne Dichter oder Dichter eines modernen Klassizismus, die der neuzeitlichen, von Petrarca lyrisch artikulierten Erfahrung der weit über die bloße Liebesklage hinausreichenden Selbstentzweiung und Selbstentfremdung verpflichtet sind. Insbesondere Leopardi ist es, der mit den Traditionen eines reduktiven Petrarkismus bricht und in der Petrarca-Aufnahme und Radikalisierung eines neuen, modernen Petrarca zur Sprache bringt. Es gibt kaum ein Gedicht Leopardis, in dem die Präsenz dieses Petrarca nicht unmittelbar als Intertextualität wahrnehmbar wäre. Aber auch Baudelaire, der Dichter des einsamen, kommunikationslosen Ich inmitten der modernen Großstadt, steht noch immer in der Tradition von Petrarcas Lyrik.

Was aber vor allem Petrarcas Modernität ausmacht und der neuzeitlichen Lyrik den Weg gewiesen hat, ist die Entdeckung der Landschaft im Reflexionsmedium des einsamen, in sich selbst entzweiten, sich selbst zugewandten, aus der Gesellschaft herausgetretenen Ich, dem die Landschaft zum neuen Kommunikationspartner wird. Während für die Rezeptionsstufe des Petrarkismus die Landschaft noch eine untergeordnete Rolle spielt, wird sie in der durch Rousseau vermittelten zweiten Rezeptionsstufe zentral. Rousseau hatte sich in seinem Roman *La Nouvelle Héloïse* ausdrücklich auf die Landschaftsdichtung berufen und mit Saint-

Preux ein in der Spannung zwischen natürlicher und kultureller Identität stehendes Ich zum Helden seines Briefromans gemacht. In den autobiographischen *Rêveries du promeneur solitaire*, die den Rousseauschen *Confessions* nachfolgen, sieht Rousseau selbst sich als ein in sich entzweites Ich, das mit der erregten Wahrnehmungsfähigkeit, die dieser Widerspruch hervortreibt, sich dem einsamen Dialog mit der Landschaft überläßt. Bei Hölderlin, etwa in seinem Gedicht »Heidelberg«, wird die Landschaft im Widerstreit ihrer Kräfte zum Reflexionsraum für das nach seiner Identität fragende Ich. Und ebenso ist bei Leopardi die Landschaft für den Einsamen ein Projektionsraum der Selbsterfahrung, der im reichen lyrischen Melos der *Canti* vergegenwärtigt wird. Seit Leopardi ist die Erfahrung der Landschaft für die moderne italienische Lyrik konstitutiv, aber damit zugleich eine intertextuelle poetische Progression, deren Fluchtpunkt noch immer die Landschaftsdichtung Petrarcas im Zeichen der Laura ist. Bei Baudelaire schließlich wird die Landschaft zur Stadtlandschaft, die dem aus allen Wirklichkeitsbezügen herausgelösten Ich zum allegorischen Buch seiner eigenen metaphysischen Bestimmung wird, nach der es ebenso leidenschaftlich fragt wie das Ich Petrarcas im Angesicht der Landschaft.

Landschaft ist eine angeschaute Vielheit der Welt, die ihre prekäre Einheit nur noch durch die momentane Evidenz einer subjektiven Perspektive erhält. Ist dies schon das Formgesetz von Petrarcas lyrischer Dichtung, wo die Landschaft als Landschaft des Eingedenkens an Laura und des *pensare*, des Nachdenkens über den eigenen Ort in der Welt, allgegenwärtig ist, so wird die Landschaft bei Petrarca im lateinischen Werk und insbesonders in den Briefen in noch anderer Weise zu einer wesentlichen Erfahrung des In-der-Welt-Seins. Immer wieder beschwört Petrarca hier die grundlegend neue Landschaftserfahrung des von oben nach unten und in die Ferne gerichteten erhabenen Blicks, für den die vor ihm ausgebreitete, sich am fernen Horizont verschließende Landschaft selbst zur Erfahrung eines Erhabenen neuer Art werden kann. In Absetzung gegen die vertikale Seinsrichtung von Dantes *Commedia* gewinnt Petrarcas zentrale Welterfahrung der Horizontalität im Schauspiel der Welt als Landschaft, die sich dem erhabenen Blick als momentane Erfahrung eröffnet, ihre höchste Ausdrücklichkeit. Petrarca hat damit eine Anschauungsform für die Erfahrung der Welt als subjektbedingte Erscheinung gefunden, die für neuzeitliche Welterfahrung und insbesondere für die im Medium der Malerei zur Darstellung kommende Welterfahrung von grundlegender Bedeutung sein sollte. Die Welt als Landschaft, die in der Malerei des 15. Jahrhunderts sich überall in Europa feiert, als habe sich dem Blick erst jetzt eine neue Wirklichkeit eröffnet, ist mit Petrarcas Entdeckung der Landschaft wesentlich verbunden.

Es ist hier nicht mehr der Ort, im einzelnen die Stationen zu erörtern, die von Petrarca zur Erfindung der Weltlandschaft im 15. Jahrhundert führen, wie sie erstmals in Jan van Eycks großem Bild der »Madonna des Kanzlers Rolin« vor Augen tritt. Daß diesem Petrarcas Landschaftsbeschreibungen und insbesondere die Beschreibung des Blicks vom Mont Ventoux nicht unbekannt waren, läßt sich zumindest vermuten, zumal Petrarcas *Familiares*, dem Flamen Ludwig van Kempen gewidmet, der zu Petrarcas engsten und ältesten Freunden zählte, in Flandern rasch eine besonders dichte Verbreitung fanden. Wenn es richtig ist, daß Innovationen in der Malerei des Spätmittelalters und in der Renaissance zumeist auf konzeptuelle Programme bezogen sind, die zuvor schon in diskursiver literarischer Form zu ihrer Ausdrücklichkeit kamen, so liegt es nahe, daß van Eyck sich der neuen Landschaftskonzeption Petrarcas als eines konzeptuellen Programms bediente, um die Malerei gleichsam ins Medium einer neuen Sichtbarkeit der wirklichen Welt zu stellen. Damit tritt die Erfahrung der Horizonthaftigkeit der Welt und ihrer Vielfalt, die nur noch die Einheit des Blicks zur Einheit zusammenführt, in die Malerei ein und wird jetzt zum Gegenpol der bildlichen Narrativität, die das mittelalterliche Bild bestimmte. Während dort aber die zur Statuarik arretierte, dem lesenden Auge zur Dynamisierung aufgegebene religiöse oder weltliche Narrativität eingebunden war in ein abstraktes, ornamental-symbolisches Gefüge, das keinen Blick in die Offenheit der Welt zuließ, wird jetzt das Bild zum Schauplatz eines prinzipiellen, horizontal perspektivierten

In-der-Welt-Seins. Für diesen Übergang scheint die immanente Literarität der im Buch beheimateten Miniatur, aber auch ihre ästhetische Gegenstrebigkeit als seiner ästhetischen Autonomie bewußtes Bild von wesentlicher Bedeutung. Kein Zufall ist es wohl, daß van Eycks früheste Experimente mit der offenen Landschaft bei seiner Arbeit am *Turiner Stundenbuch* entstanden sind, das selbst in der Tradition der Miniaturen der *Très riches heures du Duc de Berry* steht. Von den weiten Horizonten Jan van Eycks, Roger van der Weydens, Fra Angelicos, Filippo Lippis oder Piero della Francescas zu den phantastischen Welthorizonten in den Triptychen eines Joachim Patinir oder später eines Mathias Grünewald, aber auch zu der gewaltigen dramatischen Weltszenerie der »Alexanderschlacht« Albrecht Altdorfers gibt es eine Dynamik der Landschaftsmalerei, die von Spätmittelalter und Frührenaissance bis zu den Landschaften Poussins, Claude Lorrains oder Gainsboroughs führt und die mit den romantischen, auf die Renaissance zurückgreifenden Landschaftsbildern eine neue Dynamik gewinnt. Auch für die Geschichte der Landschaftsmalerei ist Rousseau ein Katalysator, der noch einmal, wie Petrarca, der Landschaftsmalerei entscheidende Impulse gegeben hat. Rousseaus Beschreibung der erhabenen Alpenlandschaft ist zu einer mächtigen Anregung geworden, ihr im Medium der Malerei zu antworten. Aber auch die südlichen Landschaften wie die Landschaften des Nordens in der Tradition der Holländer stehen noch immer im Bann einer Faszination, die Petrarca zuerst im Anblick der Landschaft und ihres Horizonts erfuhr.

Petrarca träumte davon, die Welt des Altertums mit ihrem Mittelpunkt Rom neu zu erwecken. Tatsächlich ist er zum Odysseus geworden, der eine neue Welt des Bewußtseins entdeckte, die sich von der Antike ebenso wie vom Mittelalter grundlegend unterscheiden sollte. Nicht ohne Grund nannte Jacob Burckhardt ihn emphatisch den »ersten modernen Menschen«. Vielfalt, Perspektive, Horizont, Fragment, Entzweiung, Überlagerung sind die Fixpunkte, die sein Werk umkreist, die aber auch seinen singulären Lebensentwurf bestimmten. Sie sind zugleich Fixpunkte des modernen Bewußtseins geworden.

Aus Petrarcas »Canzoniere«

Ihr, die ihr in verstreuten Versen hört
die Seufzer, daran sich mein Herz ernährte,
als noch mein jugendlicher Irrtum währte,
der einst dies fremd gewordne Herz betört,

für so viel Klagen, Hin- und Widerdenken,
inmitten leerer Leiden, hohlem Hoffen,
wo einer ist, den Amors Blick getroffen,
wird man mir Mitleid oder Nachsicht schenken.

Nun seh ich, wie ich ins Gerede kam,
ich war der Leute Spott so manches Jahr
und muß jetzt schamvoll meiner inne sein.

Ja, meiner Gaukelspiele Frucht ist Scham
und Reue, ach, nun ist mir offenbar:
was sich die Welt ersehnt, ist Traum und Schein.

(1)

Voi ch'ascoltate in rime sparse il suono/ di quei sospiri ond'io nudriva 'l core/ in sul mio primo giovenile errore/ quand'era in parte altr'uom da quel ch'i' sono,

del vario stile in ch'io piango et ragiono/ fra le vane speranze e 'l van dolore,/ ove sia chi per prova intenda amore,/ spero trovar pietà, nonché perdono.

Ma ben veggio or sí come al popol tutto/ favola fui gran tempo, onde sovente/ di me medesmo meco mi vergogno;

et del mio vaneggiar vergogna è 'l frutto,/ e 'l pentersi, e 'l conoscer chiaramente/ che quanto piace al mondo è breve sogno.

Unruhiges Denken

Wenn Feuer niemals Feuer überwand
und niemals noch versiegte Flut in Flut,
Glut heißer noch erglüht in neuer Glut,
ja oft der Gegensatz erhitzt den Brand,

Amor in uns so mächtig süßer Drang,
daß in zwei Körpern eine Seele ward,
warum in unerhörter neuer Art
machst du das Sehnen stumpf vor Überschwang?

Vielleicht, wie sich zum Abgrund stürzt der Nil
und jedes Ohr betäubt mit seinem Fall,
die Sonne blind macht wie mit tausend Dornen,

muß die Begierde ohne Widerhall
verlieren sich im grenzenlosen Ziel;
müd wird die Flucht vom allzu vielen Spornen.

(48)

Se mai foco per foco non si spense,/ né fiume fu già mai secco per pioggia,/ ma sempre l'un per l'altro simil poggia,/ et spesso l'un contrario l'altro accense,

Amor, tu che' pensier' nostri dispense,/ al qual un'alma in duo corpi s'appoggia,/ perché fai in lei con disusata foggia/ men per molto voler le voglie intense?

Forse sí come 'l Nil d'alto caggendo/ col gran suono i vicin' d'intorno assorda,/ e 'l sole abbaglia chi ben fiso 'l guarda,

cosí 'l desio che seco non s'accorda,/ ne lo sfrenato obiecto vien perdendo,/ et per troppo spronar la fuga è tarda.

Ich bin es müd, darüber nachzusinnen,
wie unermüdlich euch mein Sinn umkreist
und wie dem Leben er mich nicht entreißt,
um meines Unglücks Lasten zu entrinnen,

und was, preis Haar ich und Gesicht, es macht,
das süße Augenpaar, in einem fort,
daß nie die Stimme fehlt und nie das Wort
mir, der nach euch ich rufe Tag und Nacht;

daß niemals meine Füße mir verzagen,
die eurer Spur gefolgt bei jedem Gang
und mich so langen Weg umsonst getragen,

wie das Papier zu finden mir gelang
für all das Rühmen. Sollt' mein Wort versagen,
schuld ist der Gott, der meine Kunst bezwang.

(74)

Io son già stanco di pensar sí come/ i miei pensier' in voi stanchi non sono,/ et come vita anchor non abbandono/ per fuggir de sospir' sí gravi some;

et come a dir del viso et de le chiome/ et de' begli occhi, ond'io sempre ragiono,/ non è mancata omai la lingua e 'l suono/ dí et notte chiamando il vostro nome;

et che' pie' non son fiaccati et lassi/ a seguir l'orme vostre in ogni parte/ perdendo inutilmente tanti passi;

et onde vien l'enchiostro, onde le carte/ ch'i' vo empiendo di voi: se 'n ciò fallassi,/ colpa d'Amor, non già defecto d'arte.

Wenn Liebe nicht, was ist's, das in mir wühlt?
Ist's Liebe, Gott, was mag die Liebe sein?
Ist's gut, warum bringt sie so harte Pein?
Ist's schlimm, hat je man süßre Qual gefühlt?

Wenn ich so brennen will, warum die Klage?
Erleid ich's, was hilft Schreien mir und Flehn?
Lebendger Tod, o köstliches Vergehn,
wie herrschst du so, wenn ich mich dir versage?

Doch will ich's, ist mein Jammern falsches Spiel;
ein Schiff von Winden bin ich hin und her
im Meer getrieben mit gebrochnem Steuer,

so leicht an Wissen wie an Irrtum schwer,
daß ohne Stern mein Wollen, ohne Ziel.
Ich bin im Sommer Eis, im Winter Feuer.

(132)

S'amor non è, che dunque è quel ch'io sento?/ Ma s'egli è amor, perdio, che cosa et quale?/ Se bona, onde l'effecto aspro mortale?/ Se ria, onde sí dolce ogni tormento?

S'a mia voglia ardo, onde 'l pianto e lamento?/ S'a mal mio grado, il lamentar che vale?/ O viva morte, o dilectoso male,/ come puoi tanto in me, s'io nol consento?

Et s'io 'l consento, a gran torto mi doglio./ Fra sí contrari vènti in frale barca/ mi trovo in alto mar senza governo,

sí lieve di saver, d'error sí carca/ ch'i' medesmo non so quel ch'io mi voglio,/ e tremo a mezza state, ardendo il verno.

Ich kann in Frieden, kann in Krieg nicht sein,
ich fürchte, hoffe, brenne, bin aus Eis,
ich flieg zum Himmel, falle wie ein Stein,
ich fasse nichts, umfaß den Erdenkreis.

Mein Kerker ist verschlossen nicht, nicht offen,
es hält mich niemand, löst mir meine Ketten,
von Amor kommt kein Tod mir und kein Hoffen,
er will mein Leben nicht, will mich nicht retten.

Ich sehe augenlos, muß lautlos schrein,
sehn mich nach Tod und rufe Hilf herbei,
ich liebe, und ich muß doch selbst mich hassen.

In Lachen, Weinen muß ich mich entzwein.
Mir ist der Tod, das Leben einerlei,
so bin durch euch ich ratlos und verlassen.

(134)

Pace non trovo, et non ò da far guerra;/ e temo, et spero; et ardo, et son un ghiaccio;/ et volo sopra 'l cielo, et giaccio in terra;/ et nulla stringo, et tutto 'l mondo abbraccio.

Tal m'à in pregion, che non m'apre né serra,/ né per suo mi riten né scioglie il laccio;/ et non m'ancide Amore, et non mi sferra,/ né mi vuol vivo, né mi trae d'impaccio.

Veggio senza occhi, et non ò lingua et grido;/ et bramo di perir, et cheggio aita;/ et ò in odio me stesso, et amo altrui.

Pascomi di dolor, piangendo rido;/ egualmente mi spiace morte et vita:/ in questo stato son, donna, per voi.

Wo Gras und Blumen sengt mit seinem Brand
der Sonnengott, wo Eis und Schnee ihn schlagen,
wo leicht er lenkt und heiter seinen Wagen,
laß mich im Morgen- oder Abendland,

in Armut laß mich sein, in höchstem Glück,
in hartem Winter, neuer Frühlingspracht,
gib langen, kurzen Tag mir, dunkle Nacht,
laß alt mich sein, bring mir die Zeit zurück,

die Erd, den Himmel, dunklen Schreckensort
gib, dumpfes Tal, den Gipfel hoch und klar;
des Leibes Knecht, ein Geist, bald hier, bald dort,

sei ich, gerühmt, in namenloser Schar:
ich bleibe der ich bin und lebe fort
in traurigem Verlangen Jahr um Jahr.

(145)

Ponmi ove 'l sole occide i fiori et l'erba,/ o dove vince lui il ghiaccio et la neve;/ ponmi ov'è 'l carro suo temprato et leve,/ et ov'è chi ce 'l rende, o chi ce 'l serba;

ponmi in humil fortuna, od in superba,/ al dolce aere sereno, al fosco et greve;/ ponmi a la notte, al dí lungo ed al breve,/ a la matura etate od a l'acerba;

ponmi in cielo, od in terra, od in abisso,/ in alto poggio, in valle ima et palustre,/ libero spirto, od a' suoi membri affisso;

ponmi con fama oscura, o con ilustre:/ sarò qual fui, vivrò com'io son visso,/ continüando il mio sospir trilustre.

Da sich Erd, Wind und Himmel nicht mehr regt,
und Tier und Vögel jetzt der Schlaf berührt,
die Nacht heraus den Sternenwagen führt,
das Meer in seinem Bett sich niederlegt,

wach ich und sinne; in der Trauer Glut
ist stets ihr Bild vor mir, mein süßer Tod;
die Krieg mir bringt und Schmerz und Zorn und Not,
sie nur besänftigt meines Herzens Wut.

So strömt hervor in einem reichen Strahl
das Bittre und das Süße, die mich nähren,
es heilt und es versehrt dieselbe Hand.

Und weil kein Ufer je winkt meiner Qual,
muß tausendfach mich töten und gebären
der Tag; so ist mein Glück von mir verbannt.

(164)

Or che 'l ciel et la terra e 'l vento tace/ et le fere e gli augelli il sonno affrena,/ Notte il carro stellato in giro mena/ et nel suo letto il mar senz'onda giace,

vegghio, penso, ardo, piango; et chi mi sface/ sempre m'è inanzi per mia dolce pena:/ guerra è 'l mio stato, d'ira et di duol piena,/ et sol di lei pensando ò qualche pace.

Cosí sol d'una chiara fonte viva/ move 'l dolce et l'amaro ond'io mi pasco;/ una man sola mi risana et punge;

e perché 'l mio martir non giunga a riva,/ mille volte il dí moro et mille nasco,/ tanto da la salute mia son lunge.

Mein Schiff geht schwer von des Vergeßnen Last
durch wüstes Wintermeer um Mitternacht.
Mir droht der Scylla, der Charybdis Macht,
am Steuer sitzt mein Herr, er, der mich haßt.

Böse Gedanken schnell die Ruder schlagen,
die nur nach Sturm und Tod begierig sind,
das Segel reißt im ewig feuchten Wind
von Seufzen, Hoffen, grenzenlosem Klagen.

Ein Tränenguß, Verachtungsnebel streichen,
bedrängen den schon müd geword'nen Mast,
um den sich Irrtum und Verwirrung winden.

Fort sind die altvertrauten süßen Zeichen,
Vernunft und Kunst hat schon der Tod erfaßt.
Wann werd ich jemals meinen Hafen finden?

(189)

Passa la nave mia colma d'oblio/ per aspro mare, a mezza notte il verno,/ enfra Scilla et Caribdi; et al governo/ siede 'l signore, anzi 'l nimico mio.

A ciascun remo un penser pronto et rio/ che la tempesta e 'l fin par ch'abbi a scherno;/ la vela rompe un vento humido eterno/ di sospir', di speranze et di desio.

Pioggia di lagrimar, nebbia di sdegni/ bagna et rallenta le già stanche sarte,/ che son d'error con ignorantia attorto.

Celansi i duo mei dolci usati segni;/ morta fra l'onde è la ragion et l'arte,/ tal ch'incomincio a desperar del porto.

Wenn die Gedanken mir ins Innere dringen,
mein Herz mit mir oft solches Mitleid spürt,
daß es mich tiefer führt
und anders jetzt der Schmerz in mir erbebt.
Da schon mein Leben fast den Rand berührt,
fleh ich so oft zu Gott um jene Schwingen,
durch die den Erdendingen
der Geist empor zum Himmel sich enthebt.
Vergeblich hab ich noch danach gestrebt,
kein Beten, Seufzen, Weinen hilft dem Armen,
und es ist gut, daß es sich so verhält.
Denn wer des Gehens mächtig selber fällt,
der braucht am Boden liegend kein Erbarmen.
Mit liebevollen Armen
seh den Erlöser ich noch vor mir stehen,
doch muß ich weitergehen.
Denk der Verlorenen ich, faßt mich Entsetzen.
Mich wird mein Herr, die Lust, zu Tode hetzen.

Und ein Gedanke spricht zu meinem Geist:
Was sehnst du dich, nach welcher Hoffnung Licht?
Weißt, Armer, du es nicht,
mit wieviel Schmach dir deine Zeit vergeht?
Komm zu dir, fasse dich mit Zuversicht,

I' vo pensando, et nel penser m'assale/ una pietà sí forte di me stesso,/ che mi conduce spesso/ ad altro lagrimar ch'i' non soleva:/ ché, vedendo ogni giorno il fin piú presso,/ mille fïate ò chieste a Dio quell'ale/ co le quai del mortale/ carcer nostro intelletto al ciel si leva./ Ma infin a qui nïente mi releva/ prego o sospiro o lagrimar ch'io faccia:/ e cosí per ragion conven che sia,/ ché chi, possendo star, cadde tra via,/ degno è che mal suo grado a terra giaccia./ Quelle pietose braccia/ in ch'io mi fido, veggio aperte anchora,/ ma temenza m'accora/ per gli altrui exempli, et del mio stato tremo,/ ch'altri mi sprona, et son forse a l'extremo.

L'un penser parla co la mente, et dice:/ – Che pur agogni? onde soccorso attendi?/ Misera, non intendi/ con quanto tuo disnore il tempo passa?/ Prendi partito accortamente, prendi;/

daß du vom Herzen alle Wurzeln reißt
der Lust, die nur verheißt
und ihm sein Glück und seine Ruhe nimmt.
Wenn dich so lang schon matt und mißgestimmt
die Süße macht, die nur der Narr so nennt
und die die Welt verräterisch dir schenkt,
wie kommt es, daß sie deine Hoffnung lenkt,
da sie doch Frieden nicht noch Dauer kennt?
Solang noch Leben brennt
im Körper, muß die Zügel er dir lassen.
Noch kannst du sie erfassen.
Zu spät ist's leicht, bist du einmal bereit.
Und der Beginn ist niemals vor der Zeit.

Du weißt es wohl, daß dir wie süßer Wein
ihr Anblick war, den deine Augen tranken.
Ich würd dem Himmel danken,
hätt uns zum Glück er niemals sie gesandt.
Noch ist dir nah und bleibt es in Gedanken
das schöne Bild, das dir ins Herz hinein
drang, dorthin, wo allein
wohl eine Flamme nur den Weg sich fand,
die setzt's in Feuer, doch wenn solcher Brand
jahrlang dich narrte in der Tage Tanz

e del cor tuo divelli ogni radice/ del piacer che felice/ nol pò mai fare, et respirar nol lassa./ Se già è gran tempo fastidita et lassa/ se' di quel falso dolce fugitivo/ che 'l mondo traditor può dare altrui,/ a che ripon' piú la speranza in lui,/ che d'ogni pace et di fermezza è privo?/ Mentre che 'l corpo è vivo,/ ài tu 'l freno in bailia de' penser' tuoi:/ deh stringilo or che pôi,/ ché dubbioso è 'l tardar come tu sai,/ e 'l cominciar non fia per tempo omai.

Già sai tu ben quanta dolcezza porse/ agli occhi tuoi la vista di colei/ la qual ancho vorrei/ ch'a nascer fosse per piú nostra pace./ Ben ti ricordi, et ricordar te 'n dêi,/ de l'imagine sua quand'ella corse/ al cor, là dove forse/ non potea fiamma intrar per altrui face:/ ella l'accese; et se l'ardor fallace/ durò molt'anni in aspectando un giorno,/ che per nostra salute unqua non vène,/

und doch der Tag nie kam zu deinem Heil,
so richte höher deiner Hoffnung Pfeil,
sieh, wie der Himmel sich dir öffnet ganz,
unsterblich und voll Glanz.
Wo doch von seinem Elend noch entzückt
dein Sehnen sich beglückt
an Augenwink, Gesang, an ihrem Wort,
oh, welche Seligkeit gewinnst du dort.

Doch ein Gedanke, süß und schmerzensreich,
der, mühebringend, voller Lieblichkeit,
die Seele mir entzweit,
bedrängt das Herz und gibt der Hoffnung Sporen,
daß es nach Ruhm allein verlangt und schreit.
Ob ich Eis oder Feuer ist ihm gleich,
ob mager, totenbleich,
getötet kaum, ist er schon neugeboren.
Der kam zu mir, als ich im Traum verloren,
und hat seither an Kraft nur zugenommen.
Ich fürcht, es wird ein Grab uns beide fassen,
denn wenn die Seele ihren Leib verlassen,
so kann dies Sehnen nimmer mit ihr kommen.
Was aber soll mir frommen,
ist Griechen, Römern einst mein Werk vertraut.

or ti solleva a piú beata spene,/ mirando 'l ciel che ti si volve intorno,/ immortal et adorno:/ ché dove, del mal suo qua giú sí lieta,/ vostra vaghezza acqueta/ un mover d'occhi, un ragionar, un canto,/ quanto fia quel piacer, se questo è tanto? –

Da l'altra parte un pensier dolce et agro,/ con faticosa et dilectevol salma/ sedendosi entro l'alma,/ preme 'l cor di desio, di speme il pasce;/ che sol per fama gloriosa et alma/ non sente quand'io agghiaccio, o quand'io flagro,/ s'i' son pallido o magro;/ et s'io l'occido piú forte rinasce./ Questo d'allor ch'i' m'addormiva in fasce/ venuto è di dí in dí crescendo meco,/ e temo ch'un sepolcro ambeduo chiuda./ Poi che fia l'alma de le membra ignuda,/ non pò questo desio piú venir seco;/ ma se 'l latino e 'l greco/ parlan di me dopo la morte, è un vento:/

Darum, weil es mir graut,
muß ich mit leeren Händen mich verlassen,
will ich den Schatten fliehn, die Wahrheit fassen.

Im Innern wohnt mir aber ein Verlangen,
das jeden andern Willen mir verwehrt,
daß sich die Zeit verzehrt,
indes im Schreiben sich mein Geist entzweit.
Als ihre Augen sich mir zugekehrt
und sie so süß mich und so warm durchdrangen,
nahm sie mich so gefangen,
daß keine Macht mich, keine List befreit.
Was nützt es, daß zur Ausfahrt schon bereit
mein Schiffchen, wenn in Klippen es noch hält
ein Paar von edeln, allzu festen Tauen.
Du, der die vielen Bande mir durchhauen,
mit denen sonst gebunden ist die Welt,
wenn dir's, mein Herr, gefällt,
nimm mir die Schande weg, die mich bedeckt.
Denn wie bei jemand, den der Traum erschreckt,
so steht der Tod vor mir, mich wegzuraffen.
Ich will mich wehren und bin ohne Waffen.

ond'io, perché pavento/ adunar sempre quel ch'un'ora sgombre,/ vorre' 'l ver abbracciar, lassando l'ombre.

Ma quell'altro voler di ch'i'son pieno,/ quanti press'a lui nascon par ch'adugge;/ e parte il tempo fugge/ che, scrivendo d'altrui, di me non calme;/ e 'l lume de' begli occhi che mi strugge/ soavemente al suo caldo sereno,/ mi ritien con un freno/ contra chui nullo ingegno o forza valme./ Che giova dunque perché, tutta spalme/ la mia barchetta, poi che 'nfra li scogli/ è ritenuta anchor da ta' duo nodi?/ Tu che dagli altri, che 'n diversi modi/ legano 'l mondo, in tutto mi disciogli,/ Signor mio, ché, non togli/ omai dal volto mio questa vergogna?/ Ché 'n guisa d'uom che sogna,/ aver la morte inanzi gli occhi parme;/ et vorrei far difesa, et non ò l'arme.

Ich sehe, was ich tu, kein Trug mich lenkt.
Mich macht die Liebe krank, die ich begehre
und die den Weg der Ehre
nie gehen läßt, wer ihr zu sehr vertraut.
Oft fühl ich, wie in meines Herzens Leere
sich streng und bitter die Verachtung senkt,
die, was verborgen denkt,
in mir hervorzieht, daß es jeder schaut.
Denn wer auf diese Welt so gläubig baut,
wie es Gott, unserm Herrn, allein gebührt,
befleckt sich seinen Ruhm mit eigner Hand.
Mit lauter Stimme ruft sie den Verstand,
der sich verlor, vom Sinnenglück verführt,
doch wenn er Reue spürt,
so zwingt das Übel ihn zum Weitergehen
und macht die Augen sehen
sie, die zu meinem Tod kam auf die Welt,
weil sie mir allzusehr und sich gefällt.

Ich weiß nicht, wieviel Zeit mir anvertraut
der Himmel, als die Mutter mich entbunden
und ich mit so viel Wunden
die Seele wußte selbst mir zu versehren.
Doch niemand, der die letzte seiner Stunden
durch seines Körpers Schleier je erschaut.

Quel ch'i' fo veggio, et non m'inganna il vero/ mal conosciuto, anzi mi sforza Amore,/ che la strada d'onore/ mai nol lassa seguir, chi troppo il crede;/ et sento ad ora ad or venirmi al core/ un leggiadro disdegno aspro et severo/ ch'ogni occulto pensero/ tira in mezzo la fronte, ov'altri 'l vede:/ ché, mortal cosa amar con tanta fede/ quanta a Dio sol per debito convensi,/ piú si disdice a chi piú pregio brama./ Et questo ad alta voce ancho richiama/ la ragione svïata dietro ai sensi;/ ma perch'ell'oda, et pensi/ tornare, il mal costume oltre la spigne,/ et agli occhi depigne/ quella che sol per farmi morir nacque,/ perch'a me troppo, et a se stessa, piacque.

Né so che spatio mi si desse il cielo/ quando novellamente io venni in terra/ a soffrir l'aspra guerra/ che 'ncontra me medesmo seppi ordire;/ né posso il giorno che la vita serra/ antiveder per lo corporeo velo;/

Ich seh, wie Haar und Haut
sich ändern und im Innern das Begehren.
Nun, da den Augenblick, um heimzukehren,
ich nahe schon und näher noch verspürt,
wie einer, der durch Schmerz und Reue weise,
denk ich und sinne, wie bei meiner Reise
vom Kurs ich kam, der in den Hafen führt.
Auf einer Seite rührt
mich Scham und Trauer, die mich rückwärtstreiben,
dagegen heißt mich bleiben
die Lust, die mich so lang schon hält als Knecht,
daß sie dem Tod zu trotzen sich erfrecht.

So bin ich, Lied, der Schnee ist nicht so kalt
wie dieses Herz, das jetzt vor Furcht erbebt,
wo meine Lebensfrist schon fast verronnen.
Noch immer zögernd hab ich bald versponnen
die Fäden, daraus sich mein Schicksal webt.
Nie trug, wer je gelebt,
so schwere Last wie ich in meiner Not,
da, neben mir der Tod,
ich Rat mir suche, wie ich besser lebe,
das Gute schaue und zum Bösen strebe.

(264)

ma varïarsi il pelo/ veggio, et dentro cangiarsi ogni desire./ Or ch'i' mi credo al tempo del partire/ esser vicino, o non molto da lunge,/ come chi 'l perder face accorto et saggio,/ vo ripensando ov'io lassai 'l vïaggio/ de la man destra, ch'a buon porto aggiunge:/ et da l'un lato punge/ vergogna et duol che 'ndietro mi rivolve;/ dall'altro non m'assolve/ un piacer per usanza in me sí forte/ ch'a patteggiar n'ardisce co la morte.

Canzon, qui sono, ed ò 'l cor via piú freddo/ de la paura che gelata neve,/ sentendomi perir senz'alcun dubbio:/ ché pur deliberando ò vòlto al subbio/ gran parte omai de la mia tela breve;/ né mai peso fu greve/ quanto quel ch'i' sostengo in tale stato:/ ché co la morte a lato/ cerco del viver mio novo consiglio,/ et veggio 'l meglio, et al peggior m'appiglio.

Gebt Frieden mir, Gedanken hart wie Stein,
reicht's nicht, daß mir von Amor, Glück und Tod
an Tor und Mauer schon Verderben droht,
müßt ihr im Innern meine Feinde sein?

Und du, mein Herz, dir gleich in allen Dingen,
läßt in verräterischer Niedertracht
du ein der bösen Feinde Übermacht,
daß sie die Seele schnell und leicht bezwingen?

In dir ist Amors Botschaft tief versteckt,
Fortuna brüstet sich in deinem Licht,
Tod will stets neu an deinem Schmerz sich weiden,

daß, was von mir noch blieb, schon bald zerbricht.
Du hast der Sehnsucht leeren Wahn geweckt:
dich klag ich an, Grund aller meiner Leiden.

(274)

Datemi pace, o duri miei pensieri:/ non basta ben ch'Amor, Fortuna et Morte/ mi fanno guerra intorno e 'n su le porte,/ senza trovarmi dentro altri guerreri?

Et tu, mio cor, anchor se' pur qual eri,/ disleal a me sol, che fere scorte/ vai ricettando, et se' fatto consorte/ de' miei nemici sí pronti et leggieri?

In te i secreti suoi messaggi Amore,/ in te spiega Fortuna ogni sua pompa,/ et Morte la memoria di quel colpo

che l'avanzo di me conven che rompa;/ in te i vaghi pensier' s'arman d'errore:/ perché, d'ogni mio mal te solo incolpo.

Wenn ich betrachte meines Lebens Dauer,
der Jahre Flucht und wie ich mich verlor,
das Feuer sank, in dem ich glühend fror,
die Ruhe schwand der regungslosen Trauer,

wie Liebeswahn und Hoffen mir erstorben,
wie in zwei Teile uns der Tod geteilt
– auf Erden dieser, der im Himmel weilt –,
wie ich verlor, was ich so schwer erworben,

dann schreck ich hoch und berge mein Gesicht
und neide noch dem Ärmsten seine Not,
so bin von Angst und Schmerz ich übermannt.

Mein Stern, mein Los, o ihr, Geschick und Tod,
o unerbittliches und süßes Licht,
in welche Tiefe habt ihr mich verbannt!

(298)

Quand'io mi volgo indietro a mirar gli anni/ ch'ánno fuggendo i miei penseri sparsi,/ et spento 'l foco ove agghiacciando io arsi,/ et finito il riposo pien d'affanni,

rotta la fe' degli amorosi inganni,/ et sol due parti d'ogni mio ben farsi,/ l'una nel cielo et l'altra in terra starsi,/ et perduto il guadagno de' miei damni,

i' mi riscuoto, et trovomi sí nudo,/ ch'i' porto invidia ad ogni extrema sorte:/ tal cordoglio et paura ò di me stesso.

O mia stella, o Fortuna, o Fato, o Morte,/ o per me sempre dolce giorno et crudo,/ come m'avete in basso stato messo!

Der ruchlos-süß mir einst mein Leben stahl,
muß endlich treten vor ihr Angesicht,
die unser höchstes Licht
und Richterin uns ist für jede Tat;
schwer von des Unglücks drückendem Gewicht,
wie Gold geläutert in der Gluten Qual,
vor Angst und Schrecken fahl,
komm ich hinzu und suche Recht und Rat
und spreche: Herrin, jung mein Fuß betrat
das Reich von diesem, der zu meinem Lohn
mir schenkte Zorn und Hohn
und solche unerhörten Qualen dann
für mich allein ersann,
daß endlich mich besiegt sein böses Streben
und leer und müde mich verdroß mein Leben.

So war die Zeit, mit diesem hier verbracht,
ein Höllenfeuer, ach, daß ich vergaß
das Glück, das ich besaß,
dem harten Schmeichler stets zu Dienst bereit.
Wer, hätt er Geisteskraft im Übermaß,
fänd wohl das Wort für meine Unglücksnacht
und für die Übermacht
des Undanks und mein Recht in diesem Streit?
So wenig Honig, so viel Bitterkeit!

Quel'antiquo mio dolce empio signore/ fatto citar dinanzi a la reina/ che la parte divina/ tien di nostra natura e 'n cima sede,/ ivi, com'oro che nel foco affina,/ mi rappresento carco di dolore,/ di paura et d'orrore,/ quasi huom che teme morte et ragion chiede;/ e 'ncomincio: – Madonna, il manco piede/ giovenetto pos'io nel costui regno,/ ond'altro ch'ira et sdegno/ non ebbi mai; et tanti et sí diversi/ tormenti ivi soffersi,/ ch'alfine vinta fu quell'infinita/ mia patïentia, e 'n odio ebbi la vita.

Cosí 'l mio tempo infin qui trapassato/ è in fiamma e 'n pene: et quante utili honeste/ vie sprezzai, quante feste,/ per servir questo lusinghier crudele!/ Et qual ingegno à sí parole preste,/ che stringer possa 'l mio infelice stato,/ et le mie d'esto ingrato/ tanto et sí gravi et sí giuste querele?/ O poco mèl, molto aloè con fele!/

Welch böses Gift flößt' er mir heimlich ein
mit seinem falschen Schein,
daß ich verfiel der liebestollen Schar?
Denn er versprach mir gar,
ist's Täuschung nicht, vom Boden mich zu heben,
stahl mir den Frieden, um mir Krieg zu geben.

Er machte Gott dem Herzen weniger lieb,
als ihm gebührt, ließ mich mich selbst vergessen,
von einer Frau besessen,
wandt ich an sie allein noch meinen Geist.
Doch blieb er mein Berater unterdessen
und schliff am harten Stein den jungen Trieb,
daß er ihm hörig blieb
und daß er niemals sich dem Joch entreißt.
Ach, was nützt ein Verstand, den jeder preist,
des Himmels reiche Gaben,
wenn andre Farbe schon die Haare haben
und ich nicht ändern kann des Sehnens Qual.
So der mir gänzlich stahl
die Freiheit, gegen den ich vor dir klage.
Zu süßer Frucht macht er mir bittre Plage.

Er trieb mich fort in fernes, wüstes Land,
wo Dornen, Räuber, wilde Tiere drohen,

In quanto amaro à la mia vita avezza/ con sua falsa dolcezza,/ la qual m'atrasse a l'amorosa schiera!/ Che s'i' non m'inganno, era/ disposto a sollevarmi alto da terra:/ e' mi tolse di pace et pose in guerra.

Questi m'à fatto men amare Dio/ ch'i' non deveva, et men curar me stesso:/ per una donna ò messo/ egualmente in non cale ogni pensero./ Di ciò m'è stato consiglier sol esso,/ sempr'aguzzando il giovenil desio/ a l'empia cote, ond'io/ sperai riposo al suo giogo aspro et fero./ Misero, a che quel chiaro ingegno altero,/ et l'altre doti a me date dal cielo?/ ché vo cangiando 'l pelo,/ né cangiar posso l'ostinata voglia:/ cosí in tutto mi spoglia/ di libertà questo crudel ch'i' accuso,/ ch'amaro viver m'à vòlto in dolce uso.

Cercar m'à fatto deserti paesi,/ fiere et ladri rapaci, hispidi dumi,/

zu Völkern, harten, rohen,
und zu bedrohenden Unwegsamkeiten,
zu Meeren, Flüssen, Tälern, Bergen, hohen;
wo tausend Hindernisse ausgespannt,
ich Eis im Sommer fand,
in grenzenlosen, schreckensvollen Weiten,
und er und diese, die stets mit mir streiten
und die ich floh, gewähren niemals Rast.
Wenn mich noch nicht erfaßt
der Tod, zur Unzeit hart und ohn Erbarmen,
ist's, weil die Gunst mich Armen
des Himmels rettet, nicht der Böse hier:
zu meinem Unglück treibt ihn die Begier.

Nie hatt' ich Ruhe noch in all den Tagen,
den Schlaf verscheuchten mir die langen Nächte,
nichts, was zurück ihn brächte,
kein Kraut, kein Zauberspruch, noch eh es tagt.
Zum Herren machten ihn die Zaubermächte,
der mich regiert; wenn nachts die Glocken klagen,
wohin ich auch verschlagen,
ich hör es stets, er weiß es, der mich plagt,
kein altes Holz hat je der Wurm zernagt,
wie der mein Herz, der tief darinnen steckt
und es mit Tod erschreckt.

dure genti et costumi,/ et ogni error che' pellegrini intrica,/ monti, valli, paludi et mari et fiumi,/ mille lacciuoli in ogni parte tesi;/ e 'l verno in strani mesi,/ con pericol presente et con fatica:/ né costui né quell'altra mia nemica/ ch'i' fuggia, mi lasciavan sol un punto;/ onde, s'i' non son giunto/ anzi tempo da morte acerba et dura,/ pietà celeste à cura/ di mia salute non questo tiranno/ che del mio duol si pasce, et del mio danno.

Poi che suo fui non ebbi hora tranquilla,/ né spero aver, et le mie notti il sonno/ sbandiro, et piú non ponno/ per herbe o per incanti a sé ritrarlo./ Per inganni et per forza è fatto donno/ sovra miei spirti; et non sonò poi squilla,/ ov'io sia, in qual che villa,/ ch'i' non l'udisse. Ei sa che 'l vero parlo:/ ché legno vecchio mai non róse tarlo/ come questi 'l mio core, in che s'annida,/ et di morte lo sfida./

Daraus entspringen Tränen mir und Qual
und Worte ohne Zahl,
die mir, vielleicht auch andern schon zur Last.
Nun sprich, wenn beide du vernommen hast.

Das Wort mein Feind mit bittren Klagen nahm:
– O Herrin, was von dem mir widerfahren,
der fern vom Weg des Wahren,
vernimm, so wie der Wahrheit es gebührt.
Der lernt' die Kunst in seinen frühen Jahren,
die Worte zu verkaufen, Lügenkram,
er hat wohl keine Scham,
daß er aus ödem Nichts zum Glück geführt,
mich anklagt, der ich macht', daß unberührt
von Lüsten, die so oft zum Bösen jagen,
er blieb, was soll sein Klagen,
im süßen Leben, das er elend nennt,
und schon den Lorbeer kennt,
dank meiner, der ich seinen Geist erhob,
er selbst verdiente nie sich solches Lob.

Achill und Agamemnon ließ ich fallen
und Hannibal, der euer Land verheert,
und Scipio, hochgeehrt,

Quinci nascon le lagrime e i martiri,/ le parole e i sospiri,/ di ch'io mi vo stancando, et forse altrui./ Giudica tu, che me conosci et lui. –

Il mio adversario con agre rampogne/ comincia: – O donna, intendi l'altra parte,/ che 'l vero, onde si parte/ quest'ingrato, dirà senza defecto./ Questi in sua prima età fu dato a l'arte/ da vender parolette, anzi menzogne;/ né par che si vergogne,/ tolto da quella noia al mio dilecto,/ lamentarsi di me, che puro et netto,/ contra 'l desio, che spesso il suo mal vòle,/ lui tenni, ond'or si dole,/ in dolce vita, ch'ei miseria chiama:/ salito in qualche fama/ solo per me, che 'l suo intellecto alzai/ ov'alzato per sé non fôra mai.

Ei sa che 'l grande Atride et l'alto Achille,/ et Hanibàl al terren vostro amaro,/ et di tutti il piú chiaro/

an Tugend reich, doch seinem Glück verloren,
wie einem jeden es sein Los beschert,
in der gemeinen Lüste harten Krallen.
Doch ihm hab ich von allen
erwählten Frauen eine auserkoren,
wie nie im Erdenrund sie noch geboren,
käm auch Lucrezia zurück nach Rom,
so zärtliches Idiom,
so süßes Singen schenkt ihr meine Macht,
daß Trübsinn, Niedertracht,
unedle Art vor ihr zu nichts zerging.
Dies war der Trug, den er von mir empfing.

Hier war der Keuschheit strenger, bittrer Hort,
doch süßer als Gewähren ohne Scham.
Aus guter Saat mir kam
verdorbene Frucht, Lohn dem, der Undank hegt.
So ich ihn unter meine Flügel nahm,
daß allen Edlen wohlgefällt sein Wort,
und zu so hohem Ort
führt ich hinauf ihn, daß, wo Leidenschaft
noch glüht, man ihn und seiner Verse Kraft
verehrt und feiert, da und dort im Land.
Bei Hof ein Querulant
wär er vielleicht, ein hundsgemeiner Tor.

un altro et di vertute et di fortuna,/ com'a ciascun le sue stelle ordinaro,/ lasciai cader in vil amor d'ancille:/ et a costui di mille/ donne electe, excellenti, n'elessi una,/ qual non si vedrà mai sotto la luna,/ benché Lucretia ritornasse a Roma;/ et sí dolce ydïoma/ le diedi, et un cantar tanto soave,/ che penser basso o grave/ non poté mai durar dinanzi a lei./ Questi fur con costui li 'nganni mei.

Questo fu il fel, questi li sdegni et l'ire,/ piú dolci assai che di null'altra il tutto./ Di bon seme mal frutto/ mieto; et tal merito à chi 'ngrato serve./ Sí l'avea sotto l'ali mie condutto,/ ch'a donne et cavalier piacea il suo dire;/ et sí alto salire/ i' 'l, che tra' caldi ingegni ferve/ il suo nome et de' suoi detti conserve/ si fanno con diletto in alcun loco;/ ch'or saria forse un roco/ mormorador di corti, un huom del vulgo:/

Ich hebe ihn empor,
den meine Schule zwang zu hohem Streben
und sie, die einzig war in diesem Leben.

Ich ließ ihn über sich sich selbst erheben,
hab von unedlen Trieben ihn befreit,
daß er zu keiner Zeit
sich locken ließ zu einem bösen Streich
und gegen niedre Tat und Wort gefeit
sich einzig ihr, der edelsten, ergeben,
die ihn zu höchstem Streben
begeistert so, als sei sein Herz ihr gleich.
Wenn er an Künsten so und Tugend reich,
dankt er es ihr und mir, den er verklagt.
Nie war ein Spukgebild, noch eh es tagt,
so voller Trug wie er mit seiner Kunst,
da er in hoher Gunst,
seit er uns kennt, bei Gott und jedermann –
drum stimmt er gegen uns sein Klaglied an.

Noch mehr, ich habe Flügel ihm geschenkt,
zum höchsten Himmel sich emporzuschwingen
von sterblich schönen Dingen,
der Himmelsleiter, uns zu Gott gebaut.

i' l'exalto et divulgo,/ per quel ch'elli 'mparò ne la mia scola,/ et da colei che fu nel mondo sola.

Et per dir a l'extremo il gran servigio,/ da mille acti inhonesti l'ò ritratto,/ ché mai per alcun pacto/ a lui piacer non poteo cosa vile:/ giovene schivo et vergognoso in acto/ et in penser, poi che fatto era huom ligio/ di lei ch'alto vestigio/ li 'mpresse al core, et fecel suo simíle./ Quanto à del pellegrino et del gentile,/ da lei tene, et da me, di cui si biasma./ Mai nocturno fantasma/ d'error non fu sí pien com'ei ver' noi:/ ch'è in gratia, da poi/ che ne conobbe, a Dio et a la gente./ Di ciò il superbo si lamenta et pente.

Anchor, et questo è quel che tutto avanza,/ da volar sopra 'l ciel li avea dat' ali/ per le cose mortali,/ che son scala al fattor, chi ben l'estima;/

So seine höchste Hoffnung zu erringen,
in ihrer Tugend Anblick tief versenkt,
von Bild zu Bild gelenkt,
hat er den höchsten, ersten Grund erschaut.
Nun stieß er ins Vergessen mich herab
und sie, die ich ihm gab
zu seinem Halt. – Bei diesem schmerzenstoll
schrie ich und jammervoll:
– Der sie mir gab, er brach sogleich sein Wort. –
Drauf er: – Nicht ich, ein andrer nahm sie fort. –

Und schließlich vor dem Stuhl der Richterin,
mit Zittern ich und dieser laut und hart,
schließt jeder seinen Part:
– Nach eurem Spruch seid, Herrin, ihr gefragt. –
Darauf sie lächelnd sagt:
– Ich habe wohl vernommen euren Streit.
Doch zur Entscheidung braucht es lange Zeit. –

(360)

ché mirando ei ben fiso quante et quali/ eran vertuti in quella sua speranza,/ d'una in altra sembianza/ potea levarsi a l'alta cagion prima;/ et ei l'à detto alcuna volta in rima,/ or m'à posto in oblio con quella donna/ ch'i' li die' per colonna/ de la sua frale vita. – A questo un strido/ lagrimoso alzo et grido:/ – Ben me la die', ma tosto la ritolse. –/ Responde: – Io no, ma Chi per sé la volse. –

Alfin ambo conversi al giusto seggio,/ i' con tremanti, ei con voci alte et crude,/ ciascun per sé conchiude:/ – Nobile donna, tua sententia attendo. –/ Ella allor sorridendo:/ – Piacemi aver vostre questioni udite,/ ma piú tempo bisogna a tanta lite. –

Augenblicke. Verwandlungen

Es war der Tag, als bleich die Sonne stand
um jenen trauernd, der sie einst gemacht,
als mich gefangennahm, ich gab nicht acht,
ein Blick, der mich für immer an euch band.

Es schien mir keine Zeit, mich vorzusehen
vor Amors Schlägen, ganz in Sicherheit
ging ich und ahnungslos, so mußt' mein Leid
in Schmerz und Trauer dieser Welt entstehen.

Mich brachte Amor leicht in seine Macht,
er konnte unbemerkt ins Herz mir dringen,
durch diese Augen, jetzt ein Tränentor,

doch konnte dies ihm keine Ehre bringen,
daß er mich waffenlos zu Fall gebracht,
vor euch in Waffen gleich den Mut verlor.

(3)

Era il giorno ch'al sol si scoloraro/ per la pietà del suo factore i rai,/ quando i' fui preso, et non me ne guardai,/ ché i be' vostr'occhi, donna, mi legaro.

Tempo non mi parea da far riparo/ contra colpi d'Amor: però m'andai/ secur, senza sospetto; onde i miei guai/ nel commune dolor s'incominciaro.

Trovommi Amor del tutto disarmato/ et aperta la via per gli occhi al core,/ che di lagrime son fatti uscio et varco:

però al mio parer non li fu honore/ ferir me de saetta in quello stato,/ a voi armata non mostrar pur l'arco.

Wenn nicht im harten Schmerz mein Leben bricht
und sich in so viel Trauer kann bewahren,
daß ich noch seh in meinen letzten Jahren
aus euren Augen das erloschne Licht,

das goldne Haar verblaßt zu Silber sacht,
die Kränze abgelegt, das grüne Kleid,
das Antlitz farblos, das zu meinem Leid
mein Klagen ängstlich und verschwiegen macht,

wird einmal sich erkühnen mein Verlangen
und euch enthüllen meinen innern Streit,
drin Jahre, Tage, Stunden mir vergangen,

und wenn dem schönen Feuer wehrt die Zeit,
soll doch mein Schmerz von euch einmal empfangen
ein wenig Trost der späten Zärtlichkeit.

(12)

Se la mia vita da l'aspro tormento/ si può tanto schermire, et dagli affanni,/ ch'i' veggia per vertú degli ultimi anni,/ donna, de' be' vostr'occhi il lume spento,

e i cape' d'oro fin farsi d'argento,/ et lassar le ghirlande e i verdi panni,/ e 'l viso scolorir che ne' miei danni/ a llamentar mi fa pauroso et lento:

pur mi darà tanta baldanza Amore/ ch'i' vi discovrirò de' mei martiri/ qua' sono stati gli anni, e i giorni et l'ore;

et se 'l tempo è contrario ai be' desiri,/ non fia ch'almen non giunga al mio dolore/ alcun soccorso di tardi sospiri.

Zur süßen Zeit, in meinem ersten Stand,
als mir, wie Gras frisch aus der Erde stößt,
der Wille wuchs, der bald schon ohne Maß,
weil singend sich vom Schmerz das Bittre löst,
sing ich, wie mich noch keine Fessel band,
umsonst noch Amor auf der Schwelle saß,
dann, wie er in mir solche Kraft besaß,
daß er zu hoch stieg, und was darauf kam,
wie mich mein Los zum Beispiel hat gemacht
und meines Unglücks Nacht
ich niederschrieb und tausend Federn nahm,
die schon verbraucht, und sich mein Klagen schwingt
in alle Täler und dort widerhallt,
so Zeugnis gebend für mein schweres Leben.
Will mir Erinnerung keine Hilfe geben
wie sonst, so hat die Schuld des Leids Gewalt
und ein Gedanke, der nur Angst mir bringt,
daß jeden andern er zur Rückkehr zwingt.
Der will mein Selbst mir ins Vergessen treiben.
Ihm soll mein Innres, mir die Hülle bleiben.

Ich sage, daß, seit mich zuerst berannt
Gott Amor, viele Jahre mir vergingen,
so daß sich wandelte mein junges Leben

Nel dolce tempo de la prima etade,/ che nascer vide et anchor quasi in herba/ la fera voglia che per mio mal crebbe,/ perché cantando il duol si disacerba,/ canterò com'io vissi in libertade,/ mentre Amor nel mio albergo a sdegno s'ebbe./ Poi seguirò sí come a lui ne 'ncrebbe/ troppo altamente, e che di ciò m'avvenne,/ di ch'io son facto a molta gente exempio:/ benché 'l mio duro scempio/ sia scripto altrove, sí che mille penne/ ne son già stanche, et quasi in ogni valle/ rimbombi il suon de' miei gravi sospiri,/ ch'aquistan fede a la penosa vita./ E se qui la memoria non m'aita/ come suol fare, iscúsilla i martiri,/ et un penser che solo angoscia dàlle,/ tal ch'ad ogni altro fa voltar le spalle,/ e mi face oblïar me stesso a forza:/ ché tèn di me quel d'entro, et io la scorza.

I' dico che dal dí che 'l primo assalto/ mi diede Amor, molt'anni eran passati,/ sí ch'io cangiava il giovenil aspetto;/

und von Gedanken, die mich kalt umfingen,
ein Panzer mir erwuchs wie Diamant,
der nicht erweichen ließ mein hartes Streben,
noch keine Träne ließ die Brust erbeben,
den Traum zerbrechen; was ich nie erprobt,
schien mir bei allen andern sonderbar.
Nicht bin ich, der ich war.
Den Tag der Abend, Tod das Leben lobt.
Denn da der Feind, von dem mein Dichten spricht,
spürt', daß er bisher nur mit seinem Pfeil
durchbohrt mir kaum erst hatte das Gewand,
zuletzt die Hilfe einer Frau er fand,
bei der mir nichts gelingt zu meinem Heil,
Geist, Kraft und Bitten um Vergebung nicht.
Sie raubten die Gestalt mir, das Gesicht.
Zum Lorbeer wurd' ich, der im Winter friert
und doch zur kalten Zeit kein Blatt verliert.

Wie war mir, als ich mich zuerst erkannte
in meiner so verwandelten Person,
da, wo das Haar sonst, grünes Laub nun sprießt,
von dem ich einst erhofft den höchsten Lohn,
die Füße, drauf ich stand und ging und rannte,
wie jedes Glied tut, was die Seel' beschließt,

e d'intorno al mio cor pensier' gelati/ facto avean quasi adamantino smalto/ ch'allentar non lassava il duro affetto./ Lagrima anchor non mi bagnava il petto/ né rompea il sonno, et quel che in me non era,/ mi pareva un miracolo in altrui./ Lasso, che son! che fui!/ La vita el fin, e 'l dí loda la sera./ Ché sentendo il crudel di ch'io ragiono/ infin allor percossa di suo strale/ non essermi passato oltra la gonna,/ prese in sua scorta una possente donna,/ ver' cui poco già mai mi valse o vale/ ingegno, o forza, o dimandar perdono;/ e i duo mi trasformaro in quel ch'i' sono,/ facendomi d'uom vivo un lauro verde,/ che per fredda stagion foglia non perde.

Qual mi fec'io quando primer m'accorsi/ de la trasfigurata mia persona,/ e i capei vidi far di quella fronde/ di che sperato avea già lor corona,/ e i piedi in ch'io mi stetti, et mossi, et corsi,/ com'ogni membro a l'anima risponde,/

zwei Wurzeln wurden, wo das Wasser fließt,
nicht der Peneus, nein, ein schönrer Fluß;
die Arme mir als Zweige jetzt verharren.
Noch mehr muß ich erstarren
da ich nun weiße Federn tragen muß,
seit mir erschlagen von des Höchsten Hand
mein Hoffen, das zu hohen Flug gemacht.
Weil ich nicht wußte wann, an welchem Ort
es wiederfinden, ging ich trauernd fort,
wo es geraubt mir worden, Tag und Nacht
im Wasser suchend und an seinem Rand,
und niemals meine Stimme Ruhe fand,
vom schlimmen Ende singend meines Wahns,
so nahm ich Farb und Stimme an des Schwans.

An dem Gestade hin ging so mein Leben,
daß, wenn ich sprechen wollte, ich nur sang,
der Kehle fremder, sanfter Ton entquillt,
um Gnade flehend, nie so süßen Klang
wußt' ich doch meinem Liebesleid zu geben,
daß sich ihr Herz erweichte rauh und wild.
Wie mir geschah? O der Erinnerung Bild!
Doch mehr noch, was mir bald die Zukunft bringt
von einer Feindin, die mich lockt und quält,

diventar due radici sovra l'onde/ non di Peneo, ma d'un piú altero fiume,/ e 'n duo rami mutarsi ambe le braccia!/ Né meno anchor m' agghiaccia/ l'esser coverto poi di bianche piume/ allor che folminato et morto giacque/ il mio sperar che tropp'alto montava:/ ché perch'io non sapea dove né quando/ me 'l ritrovasse, solo lagrimando/ là 've tolto mi fu, dí e nocte andava,/ ricercando dallato, et dentro a l'acque;/ et già mai poi la mia lingua non tacque/ mentre poteo del suo cader maligno:/ ond'io presi col suon color d'un cigno.

Cosí lungo l'amate rive andai,/ che volendo parlar, cantava sempre/ mercé chiamando con estrania voce;/ né mai in sí dolci o in sí soavi tempre/ risonar seppi gli amorosi guai,/ che 'l cor s'umilïasse aspro et feroce./ Qual fu a sentir? ché 'l ricordar mi coce:/ ma molto piú di quel, che per inanzi/ de la dolce et acerba mia nemica/

sei jetzt von mir erzählt,
obwohl sie immer mich zum Schweigen zwingt.
Sie, deren Blick die Seele mir beschwört,
nahm aus der Brust das Herz mir mit der Hand
und sagte mir: Kein Wort von deinem Leid.
Dann sah ich sie allein in neuem Kleid,
sie schien mir fremd, oh, menschlicher Verstand!
So sagt' ich ihr die Wahrheit, tief verstört,
und sie, in die Gestalt, die ihr gehört,
zurückgekehrt, macht' mich, o könnt ich schrein,
zu einem lebenden, entsetzten Stein.

Sie sprach zu mir mit Zügen so entstellt,
daß sie im Stein mein Herz erzittern ließ:
Ich bin vielleicht nicht die, die du gesehen.
Und ich zu mir: Entrinn ich dem Verlies,
das ärmste, schwerste Leben mir gefällt.
Laß, daß ich wieder weine, Herr, geschehen.
Wie, weiß ich nicht, doch konnt' ich wieder gehen,
niemand als nur mich selber anzuklagen.
Den ganzen Tag lebt' ich so todesbang,
doch weil die Zeit nicht lang,
kann mit dem Willen nicht die Feder jagen,
weshalb ich vieles, was im Geist ich schrieb,

è bisogno ch'io dica,/ benché sia tal ch'ogni parlare avanzi./ Questa che col mirar gli animi fura,/ m'aperse il petto, e 'l cor prese con mano,/ dicendo a me: Di ciò non far parola./ Poi la rividi in altro habito sola,/ tal ch'i' non la conobbi, oh senso humano,/ anzi le dissi 'l ver pien di paura;/ ed ella ne l'usata sua figura/ tosto tornando, fecemi, oimè lasso,/ d'un quasi vivo et sbigottito sasso.

Ella parlava sí turbata in vista,/ che tremar mi fea dentro a quella petra,/ udendo: I' non son forse chi tu credi./ E dicea meco: Se costei mi spetra,/ nulla vita mi fia noiosa o trista;/ a farmi lagrimar, signor mio, riedi./ Come non so: pur io mossi indi i piedi,/ non altrui incolpando che me stesso,/ mezzo tutto quel dí tra vivo et morto./ Ma perché 'l tempo è corto,/ la penna al buon voler non pò gir presso:/ onde piú cose ne la mente scritte/

verstieß, um wenig nur im Reim zu binden,
das dem, der mich vernimmt, wie Wunder klingt.
Vom Tod war mir schon ganz mein Herz umringt,
doch konnt' ich schweigend es ihm nicht entwinden
noch helfen dem erloschnen Lebenstrieb.
Die eigne Stimme mir verboten blieb,
weshalb ich schrie mit Tinte und Papier:
Ich bin euch eigen, sterb ich, leidet ihr.

Vor ihren Augen glaubt' ich allzusehr,
unwürdig nicht mehr, Mitleid nun zu finden,
und diese Hoffnung setzte mich in Brand;
doch kann den Stolz die Demut überwinden,
so auch entflammen. Dies lernt' ich seither,
als lange Zeit mich Dunkelheit umwand,
weil auf dies Bitten mir mein Licht verschwand
und mich, der nirgend, nirgendwo den Schatten
von ihr noch ihre Fußspur konnte sehen,
als würd' ich schlafend gehen,
ins Gras einst warf ein plötzliches Ermatten.
Dort klagt' ich an des Strahles flücht'ge Helle
und gab den Tränenfluten freien Lauf.
Nichts ihrem Fallen, ihrem Fließen wehrt,
und wie den Schnee das helle Licht verzehrt,

vo trapassando, et sol d'alcune parlo/ che meraviglia fanno a chi l'ascolta./ Morte mi s'era intorno al cor avolta,/ né tacendo potea di sua man trarlo,/ o dar soccorso a le vertuti afflitte;/ le vive voci m'erano interditte;/ ond'io gridai con carta et con incostro:/ Non son mio, no. S'io moro, il danno è vostro.

Ben mi credea dinanzi agli occhi suoi/ d'indegno far cosí di mercé degno,/ et questa spene m'avea fatto ardito:/ ma talora humiltà spegne disdegno,/ talor l'enfiamma; et ciò sepp'io da poi,/ lunga stagion di tenebre vestito:/ ch'a quei preghi il mio lume era sparito./ Ed io non ritrovando intorno intorno/ ombra di lei, né pur de' suoi piedi orma,/ come huom che tra via dorma,/ gittaimi stancho sovra l'erba un giorno./ Ivi accusando il fugitivo raggio,/ a le lagrime triste allargai 'l freno,/ et lasciaile cader come a lor parve;/ né già mai neve sotto al sol disparve/

fühlt' ich, es löste sich mein Wesen auf:
Am Fuß der Buche wurde ich zur Quelle,
so weilt' ich weinend lang an dieser Stelle.
Sah je man einen solchen Quell entspringen?
Und dennoch red ich von bekannten Dingen.

Die Seele, die sich zu vergeben freut
– so große Gnade kann nur Gott verleihen –,
ist darin ihrem Schöpfer gleichgesetzt,
daß sie nicht müde wird, dem zu verzeihen,
der seine Tat mit Herz und Blick bereut
und Gnad erfleht bei dem, den er verletzt,
und wenn sie wider ihren Willen jetzt
dem Bitten widersteht, sie in sich schaut
und tut's, damit der Schreck den Sünder lehrt,
denn was ist Reue wert
des Bösen, wenn sich's neu zusammenbraut.
Als sie voll Mitleid dann mit meiner Pein
sich zu mir wandte, um mich zu beschauen,
sah sie die Strafe gleich mit dem Vergehen
und machte die Verwandlung ungeschehen.
Doch soll der Weise dieser Welt nicht trauen.
Denn als ich wieder flehte, Nerv und Bein

com'io sentí' me tutto venir meno,/ et farmi una fontana a pie' d'un faggio./ Gran tempo humido tenni quel vïaggio./ Chi udí mai d'uom vero nascer fonte?/ E parlo cose manifeste et conte.

L'alma ch'è sol da Dio facta gentile,/ ché già d'altrui non pò venir tal gratia,/ simile al suo factor stato ritene:/ però di perdonar mai non è sacia/ a chi col core et col sembiante humile/ dopo quantunque offese a mercé vène./ Et se contra suo stile ella sostene/ d'esser molto pregata, in Lui si specchia,/ et fal perché 'l peccar piú si pavente:/ ché non ben si ripente/ de l'un mal chi de l'altro s'apparecchia./ Poi che madonna da pietà commossa/ degnò mirarme, et ricognovve et vide/ gir di pari la pena col peccato,/ benigna mi redusse al primo stato./ Ma nulla à 'l mondo in ch'uom saggio si fide:/ ch'ancor poi ripregando, i nervi et l'ossa/

bannt' sie erneut mir in den harten Stein.
Die Stimme löst' sich, als der Leib mir schlief
und nur den Tod und sie beim Namen rief.

Ich seh noch, wie ich klagend, irrend ging,
ein Geist, durch Höhlen leer und wundersam,
jahrlang betrauernd, daß ich sie begehrt,
und nochmals meine Qual ein Ende nahm,
die alte Hülle wieder mich umfing,
doch hat dies, glaub ich, nur den Schmerz vermehrt.
Ich folgte so der Lust, die mich verzehrt,
daß eines Tags, wie oft, zur Jagd ich sprengte
und jenes Wild, so schön und gnadenlos,
in einer Quelle bloß
und nackt sie stand, als hoch die Sonne sengte.
Ich, weil kein Anblick sonst mein Sehnen stillt,
stand schauend still, doch sie, von Scham erfaßt,
und sei's aus Rache, sei's, daß Schutz sie fand,
spritzt' ins Gesicht mir Wasser mit der Hand.
Wahr ist's, wenn man mich auch als Lügner haßt,
daß ich beraubt mich fühlt' des eignen Bildes,
und eines einsamen und edlen Wildes
wird zwischen Wald und Wald mir Form und Mut,
so flieh ich seither meiner Hunde Wut.

mi volse in dura selce; et cosí scossa/voce rimasi de l'antiche some,/ chiamando Morte, et lei sola per nome.

Spirto doglioso errante (mi rimembra)/ per spelunche deserte et pellegrine,/ piansi molt'anni il mio sfrenato ardire:/ et anchor poi trovai di quel mal fine,/ et ritornai ne le terrene membra,/ credo per piú dolore ivi sentire./ I' seguí' tanto avanti il mio desire/ ch'un dí cacciando sí com'io solea/ mi mossi; e quella fera bella et cruda/ in una fonte ignuda/ si stava, quando 'l sol piú forte ardea./ Io, perché d'altra vista non m'appago,/ stetti a mirarla: ond'ella ebbe vergogna;/ et per farne vendetta, o per celarse,/ l'acqua nel viso co le man' mi sparse./ Vero dirò (forse e' parrà menzogna)/ ch'i' sentí' trarmi de la propria imago,/ et in un cervo solitario et vago/ di selva in selva ratto mi trasformo:/ et anchor de' miei can' fuggo lo stormo.

Lied, nie zu dem Gewölk ward ich vermehrt
aus Gold, das dann als reicher Regen fiel,
so daß Jupiters Feuer Kühlung fand,
nein, Flamme, die am schönen Blick entbrannt
und Vogel war ich mit dem höchsten Ziel,
die zu erheben, die mein Singen ehrt.
Nicht war der erste Lorbeer mir verwehrt
durch neue Formen, dessen süße Nacht
mir jede andre Freude bitter macht.

(23)

Canzon, i' non fu' mai quel nuvol d'oro/ che poi discese in pretïosa pioggia,/ sí che 'l foco di Giove in parte spense;/ ma fui ben fiamma ch'un bel guardo accense,/ et fui l'uccel che piú per l'aere poggia,/ alzando lei che ne' miei detti honoro:/ né per nova figura il primo alloro/ seppi lassar, ché pur la sua dolce ombra/ ogni men bel piacer del cor mi sgombra.

Apoll, wenn noch in dir der schöne Brand,
der dich entflammte an thessal'scher Quelle,
wenn des geliebten goldnen Haares Helle
nicht mit den Jahren deinem Sinn entschwand,

nach dunkler Zeit und trägen Eises Schlaf,
der dauert, wenn dein Blick sich von uns wendet,
sei nun dem heilgen Laub dein Schutz gespendet,
wo dich zuerst, dann mich der Zauber traf.

Und durch des Hoffens liebende Gewalt,
die dich erhielt in deines Hierseins Pein,
befrei die Luft von Nebel und von Nacht,

so wird als Wunder dann uns die Gestalt
der Herrin hier im Grün vor Augen sein,
die mit den Armen selbst sich Schatten macht.

(34)

Apollo, s'anchor vive il bel desio/ che t'infiammava a le thesaliche onde,/ et se non ài l'amate chiome bionde,/ volgendo gli anni, già poste in oblio:

dal pigro gielo et dal tempo aspro et rio,/ che dura quanto 'l tuo viso s'asconde,/ difendi or l'onorata et sacra fronde,/ ove tu prima, et poi fu' invescato io;

et per vertú de l'amorosa speme,/ che ti sostenne ne la vita acerba,/ di queste impressïon' l'aere disgombra;

sí vedrem poi per meraviglia inseme/ seder la donna nostra sopra l'erba,/ et far de le sue braccia a se stessa ombra.

Gepriesen sei der Tag, der Mond, das Jahr,
die Jahr- und Tageszeit, der Augenblick,
das schöne Land, der Ort, da mein Geschick
sich unterwarf ein schönes Augenpaar.

Gepriesen sei die erste süße Qual
der Strahlen ihres Blicks, die mich bezwangen,
die Pfeile Amors, die mein Herz durchdrangen,
die Herzenswunden tief und ohne Zahl.

Gepriesen sei'n die Stimmen, die im Leeren
verhallten, nach ihr rufend, dort und hier,
das Seufzen, Weinen, Bitten und Begehren,

gepriesen seien Feder und Papier,
die ihren Ruhm verkünden und die schweren
Gedanken, die ihr nah sind, einzig ihr.

(61)

Benedetto sia 'l giorno, e 'l mese, et l'anno,/ et la stagione, e 'l tempo, et l'ora, e 'l punto,/ e 'l bel paese, e 'l loco ov'io fui giunto/ da' duo begli occhi che legato m'ànno;

et benedetto il primo dolce affanno/ ch'i' ebbi ad esser con Amor congiunto,/ et l'arco, et le saette ond'i' fui punto,/ et le piaghe che 'nfin al cor mi vanno.

Benedette le voci tante ch'io/ chiamando il nome de mia donna ò sparte,/ e i sospiri, et le lagrime, e 'l desio;

et benedette sian tutte le carte/ ov'io fama l'acquisto, e 'l pensier mio,/ ch'è sol di lei, sí ch'altra non v'à parte.

Die goldnen Haare wehten wild im Wind,
der süße Wirrnis aus den Locken flicht,
verlockend war und ohne Maß das Licht
der Augen, die nun matt und glanzlos sind.

Mir schien, war's Wahrheit oder Trug, es ging
ein Hauch durch das Gesicht wie Zärtlichkeit.
Ich war wie Zunder schon zum Brand bereit,
was Wunder, daß im Nu ich Feuer fing?

Nicht wie die Sterblichen ging sie einher,
nein, wie die Engel leicht. Ihr Reden klang,
als käm es nicht aus eines Menschen Munde,

ein Bild des Himmels, eine Sonne sprang
mir in das Aug', und säh ich's nun nicht mehr:
Wird müd der Bogen, heilt dies nicht die Wunde.

(90)

Erano i capei d'oro a l'aura sparsi/ che 'n mille dolci nodi gli avolgea,/ e l'vago lume oltra misura ardea/ di quei begli occhi, ch'or ne son sí scarsi;

e 'l viso di pietosi color' farsi,/ non so se vero o falso, mi parea:/ i' che l'ésca amorosa al petto avea,/ qual meraviglia se di súbito arsi?

Non era l'andar suo cosa mortale,/ ma d'angelica forma; et le parole/ sonavan altro, che pur voce humana.

Uno spirito celeste, un vivo sole/ fu quel ch'i' vidi: et se non fosse or tale,/ piagha per allentar d'arco non sana.

So viele Fische leben nicht im Meer
noch sah ich je am Himmel überm Mond
so viele Sterne in der dunklen Nacht
noch so viel Vögel bergen tiefe Wälder
und so viel Gräser je auf Feld und Hügel,
als ich Gedanken trage jeden Abend.

Von Tag zu Tag hoff auf den letzten Abend
ich, der in mir die Erde trennt vom Meer,
mich schlafen läßt auf irgendeinem Hügel,
denn solchen Kummer niemand unterm Mond
noch je erlitt, dies wissen meine Wälder,
die ich allein durchwandre Tag und Nacht.

Ich hatte nie noch eine ruhige Nacht,
am Morgen ging ich seufzend und am Abend,
durch Amor wurde Bürger ich der Wälder.
Bevor ich ruh, ist wellenlos das Meer,
erhält die Sonn' ihr Licht geschenkt vom Mond,
wird im April verdorrn der Blumenhügel.

Ich geh von einem fort zum andern Hügel,
am Tage trauernd, wein ich in der Nacht

Non à tanti animali il mar fra l'onde,/ né lassú sopra 'l cerchio de la luna/ vide mai tante stelle alcuna notte,/ né tanti augelli albergan per li boschi,/ né tant'erbe ebbe mai campo né, piaggia,/ quant' à 'l mio cor pensier' ciascuna sera.

Di dí in dí spero ormai l'ultima sera/ che scevri in me dal vivo terren l'onde/ et mi lasci dormire in qualche piaggia,/ ché tanti affanni uom mai sotto la luna/ non sofferse quant'io: sannolsi i boschi,/ che sol vo ricercando giorno et notte.

Io non ebbi già mai tranquilla notte,/ ma sospirando andai matino et sera,/ poi ch'Amor femmi un cittadin de' boschi./ Ben fia, prima ch'i' posi, il mar senz'onde,/ et la sua luce avrà 'l sol da la luna,/ e i fior' d'april morranno in ogni piaggia.

Consumando mi vo di piaggia in piaggia/ el dí pensoso, poi piango la notte;/

und hab so viel Bestand wie dort der Mond:
Kaum seh ich, daß sich dunkler färbt der Abend,
entstürzt den Augen mir ein Tränenmeer,
das Gras zu überschwemmen, ja die Wälder.

Die Städte sind mir feind und lieb die Wälder,
wenn in Gedanken ich am Rand der Hügel
begleitet bin vom leisen Wellenmeer
und schweigend mich umgibt die süße Nacht.
So sehn ich jeden Tag mich nach dem Abend
und daß der Sonne folg der stille Mond.

O könnt ich doch, wenn sanft verströmt der Mond,
hier schlafen in dem Schoß der grünen Wälder,
und jene, die zu früh mir bringt den Abend,
gefolgt von Mond und Amor auf den Hügel,
käm' zu mir einmal nur allein zur Nacht,
und ewig blieben Tag und Sonn' im Meer.

Auf harten Wellen und wenn hell der Mond,
mein Lied, geboren in der Nacht der Wälder,
wirst du ein schönes Land erblicken morgen abend.

(237)

né stato ò mai, se non quanto la luna./ Ratto come imbrunir veggio la sera,/ sospir' del petto, et de li occhi escono onde/ da bagnar l'erbe, et da crollare i boschi.

Le città son nemiche, amici i boschi,/ a' miei pensier', che per quest'alta piaggia/ sfogando vo col mormorar de l'onde,/ per lo dolce silentio de la notte:/ tal ch'io aspetto tutto 'l dí la sera,/ che 'l sol si parta et dia luogo a la luna.

Deh or foss'io col vago de la luna/ adormentato in qua' che verdi boschi,/ et questa ch'anzi vespro a me fa sera,/ con essa et con Amor in quella piaggia/ sola venisse a starsi ivi una notte;/ e 'l dí si stesse e 'l sol sempre ne l'onde.

Sovra dure onde, al lume de la luna/ canzon nata di notte in mezzo i boschi,/ ricca piaggia vedrai deman da sera.

Die Augen, deren ich so sehr gedacht,
die Arme, Hände, Füße, das Gesicht,
die einst mir raubten meines Herzens Licht
und mich den Menschen scheu und fremd gemacht,

die Haare, deren Gold mich so geblendet,
des engelgleichen Lachens sanfter Blitz,
auf Erden meines Paradieses Sitz,
sind nur noch Staub, zu dem kein Blick sich wendet.

Ich lebe, der ich trauernd mich verachte,
von meinem Licht verlassen gehn die Tage
im Sturm, der meinem Schiff Verderben brachte.

Hier nehm ein Ende, was ich liebend sage,
versiegt der Quell, der mich zum Dichter machte,
jetzt tönt die Leier nur von meiner Klage.

(292)

Gli occhi di ch'io parlai sí caldamente,/ et le braccia et le mani e i piedi e 'l viso,/ che m'avean sí da me stesso diviso,/ et fatto singular da l'altra gente;

le crespe chiome d'òr puro lucente/ e 'l lampeggiar de l'angelico riso,/ che solean fare in terra un paradiso,/ poca polvere son, che nulla sente.

Et io pur vivo, onde mi doglio et sdegno,/ rimaso senza 'l lume ch'amai tanto,/ in gran fortuna e 'n disarmato legno.

Or sia qui fine al mio amoroso canto:/ secca è la vena de l'usato ingegno,/ et la cetera mia rivolta in pianto.

Ist dies das Nest, wo, die mir Phönix heißt,
der Federn Gold und Purpur niederschlug,
die meine Seele unterm Flügel trug,
der sie mein Klagewort noch jetzt entreißt?

O erster Grund der Qual, die mich entzückt,
wo ist die Schönheit, der das Licht entfloß,
das ich, verbrennend, heiter doch genoß,
hier Sonne, jetzt im Himmel hoch beglückt?

Du ließt mich elend hier in Einsamkeit,
daß stets die Trauer zu dem Ort mich lenkt,
den ich verehre, pflege, dir geweiht,

wenn sich die Nacht schon auf die Hügel senkt,
wo deine Seele einst zum Flug bereit
und deine Augen mir den Tag geschenkt.

(321)

È questo 'l nido in che la mia fenice/ mise l'aurate et le purpuree penne,/ che sotto le sue ali il mio cor tenne,/ et parole et sospiri ancho ne elice?

O del dolce mio mal prima radice,/ ov'è il bel viso, onde quel lume venne/ che vivo et lieto ardendo mi mantenne?/ Sol' eri in terra; or se' nel ciel felice.

Et m'ài lasciato qui misero et solo,/ talché, pien di duol sempre al loco torno/ che per te consecrato honoro et còlo;

veggendo a' colli oscura notte intorno/ onde prendesti al ciel l'ultimo volo,/ et dove li occhi tuoi solean far giorno.

Einsame Gänge

Ruhmreiche Säule, darauf beides ruht,
mein Hoffen und des großen Namens Last,
der deinen Weg du nie verloren hast,
trotz Iovis' Toben, Sturm und Regenflut,

hier, wo Paläste nicht noch Hallen stehen,
erhebt der Pinien, Tannen, Buchen Bau
im Gras bis an des schönen Berges Blau,
wo wir im Dichten auf und nieder gehen,

von Erdenpracht zum Himmel unsern Geist,
und wenn zur Nacht, von Dunkelheit umfangen,
die Nachtigall beginnt ihr Klagelied,

weckt sie der Liebe Denken und Verlangen.
Doch du, mein Herr, bist's, der dies Glück zerreißt,
da schon dein Geist von uns ins Ferne flieht.

(10)

Gloriosa columna in cui s'appoggia/ nostra speranza e 'l gran nome latino,/ ch'ancor non torse del vero camino/ l'ira di Giove per ventosa pioggia,

qui non palazzi, non theatro o loggia,/ ma 'n lor vece un abete, un faggio, un pino/ tra l'erba verde e 'l bel monte vicino,/ onde si scende poetando et poggia,

levan di terra al ciel nostr'intellecto;/ e 'l rosigniuol che dolcemente all'ombra/ tutte le notti si lamenta et piagne,

d'amorosi penseri il cor ne 'ngombra:/ ma tanto bel sol tronchi, et fai imperfecto,/ tu che da noi, signor mio, ti scompagne.

Kein Irrstern, der am heit'ren Himmel zieht,
kein Schiff, entgleitend durch ein stilles Meer,
das Feld durchstreifend nicht ein Reiterheer,
kein Wild, das leicht durch schöne Wälder flieht,

die frische Nachricht von erhofften Dingen,
in hohem Schwung ein liebendes Gedicht,
an klarem Quell auf grünem Teppich nicht
der stolzen, schönen Frauen süßes Singen,

nichts sonst, was je mein Herz erfreuen soll,
von dem sie fest und wie ein Grab umfangen,
die meiner Augen Licht war, mein Geschick.

Mein Leben ist so schwer und kummervoll,
im Tod ihr nah zu sein, ist mein Verlangen;
ach, wär' ich nie verfallen ihrem Blick.

(312)

Né per sereno ciel ir vaghe stelle,/ né per tranquillo mar legni spalmati,/ né per campagne cavalieri armati,/ né per bei boschi allegre fere et snelle;

né d'aspettato ben fresche novelle/ né dir d'amore in stili alti et ornati/ né tra chiare fontane et verdi prati/ dolce cantare honeste donne et belle;

né altro sarà mai ch'al cor m'aggiunga,/ sí seco il seppe quella sepellire/ che sola agli occhi miei fu lume et speglio.

Noia m'è 'l viver sí gravosa et lunga/ ch'i' chiamo il fine, per lo gran desire/ di riveder cui non veder fu 'l meglio.

Selig im Träumen, Sehnen wie ein Kind,
den Schatten hold, der Lüfte Geisterhand,
schwimm ich in Meeren ohne Grund und Strand,
pflüg Wasser, bau auf Sand, schreib in den Wind.

Die Sonne lieb ich so, daß die Gewalt
der Strahlen mir das Augenlicht versehrt,
ein schönes Wild, das ich zu sehr begehrt,
mit einem Ochsen jag ich, lahm und alt.

Blind ich und müd, nur mir zu schaden nicht,
danach ich Tag und Nacht begierig trachte,
ruft Herrin, Amor, Tod nur mein Verlangen;

so langen Kummer, der das Herz mir bricht,
und Tränen, Seufzen nur die Zeit mir brachte,
seit ich in ihren Schlingen mich gefangen.

(212)

Beato in sogno et di languir contento,/ d'abbracciar l'ombre et seguir l'aura estiva,/ nuoto per mar che non à fondo o riva,/ solco onde, e 'n rena fondo, et scrivo in vento;

e 'l sol vagheggio, sí ch'elli à già spento/ col suo splendor la mia vertú visiva,/ et una cerva errante et fugitiva/ caccio con un bue zoppo e 'nfermo et lento.

Cieco et stanco ad ogni altro ch'al mio danno/ il qual dí et notte palpitando cerco,/ sol Amor et madonna, et Morte, chiamo.

Cosí venti anni, grave et lungo affanno,/ pur lagrime et sospiri et dolor merco:/ in tale stella presi l'ésca et l'amo.

Der Alte mit dem weißen Haar will gehn,
er reißt sich los vom altvertrauten Ort,
von Weib und Kind und Enkel geht er fort,
die weinend seinen Tod vor Augen sehn.

Dann trägt er sich, des alten Leibes Gast,
in seine allerletzten Lebenstage,
dem Willen folgsam noch bei aller Plage,
müd von der Jahre und des Weges Last.

Und kommt nach Rom, an seiner Sehnsucht Ziel,
um dort im heilgen Bild den zu erschauen,
vor dem im Himmel er zu stehn begehrt.

So geh auch ich umher und sehe viel
und suche, Herrin, unter allen Frauen
das eine Urbild, das ihr mir verwehrt.

(16)

Movesi il vecchierel canuto et biancho/ del dolce loco ov'à sua età fornita/ et da la famigliuola sbigottita/ che vede il caro padre venir manco;

indi trahendo poi l'antiquo fianco/ per l'extreme giornate di sua vita,/ quanto piú pò, col buon voler s'aita,/ rotto dagli anni, et dal camino stanco;

et viene a Roma, seguendo 'l desio,/ per mirar la sembianza di colui/ ch'ancor lassú nel ciel vedere spera:

cosí, lasso, talor vo cerchand'io,/ donna, quanto è possibile, in altrui/ la disïata vostra forma vera.

Allein, in mich versenkt, durch ödes Land
die Schritte messend, geh ich langsam hin
und richte meinen fluchtbereiten Sinn
auf jede Fußspur, die mich schreckt im Sand.

Wo fänd' ich Zuflucht sonst, daß nicht erkenne
die Menge meinen Gang und mein Gesicht,
daß an des Körpers Trauerschwere nicht
es lesbar sei, wie ich im Innern brenne,

so sehr, daß es mir scheint, Berg, Fluß und Hänge
und Wälder wüßten, wie es um mich steht,
wo andre Blicke niemals zu mir dringen.

Doch find ich nicht so rauhe, wilde Gänge,
daß Amor nicht mir gleich zur Seite geht
und unsre Reden endlos sich verschlingen.

(35)

Solo et pensoso i piú deserti campi/ vo mesurando a passi tardi et lenti,/ et gli occhi porto per fuggire intenti/ ove vestigio human l'arena stampi.

Altro schermo non trovo che mi scampi/ dal manifesto accorger de le genti,/ perché negli atti d'alegrezza spenti/ di fuor si legge com'io dentro avampi:

sí ch'io mi credo omai che monti et piagge/ et fiumi et selve sappian di che tempre/ sia la mia vita, ch'è celata altrui.

Ma pur sí aspre vie né sí selvagge/ cercar non so ch' Amor non venga sempre/ ragionando con meco, et io co llui.

Von Berg zu Berg, Gedanken zu Gedanken
führt Amor mich, den jedes Weges Spur
aus seinem kaum beruhigten Dasein reißt.
Im Tal, geschützt von zweier Berge Flanken,
an Bach und Quelle in verlaßner Flur,
hat Ruh mein Herz, das ängstlich in sich kreist,
und wie es Amor heißt,
lacht es und weint und zittert und faßt Mut.
Und seines Wesens Spiegel, das Gesicht,
bald Düsternis, bald Licht,
nur kurze Zeit beständig in sich ruht.
So wird, wer solches Leben kennt, erkennen:
der muß im Ungewissen sich verbrennen.

Auf hohen Bergen, tief im Wald verloren,
hab ich ein wenig Rast, ein jeder Ort,
wo Menschen sind, ist meinen Augen feind.
Bei jedem Schritt wird mir ihr Bild geboren,
von der mir oft nur kam ein scherzend Wort,
als sei mein Klagen nur als Spiel gemeint.
Doch nichts mir schlimmer scheint,
als diese süße Bitternis zu lassen.
Vielleicht, sag ich, steht Amor dir bereit
zu einer bessern Zeit,

Di pensier in pensier, di monte in monte/ mi guida Amor, ch'ogni segnato calle/ provo contrario a la tranquilla vita./ Se 'n solitaria piaggia, rivo, o fonte,/ se 'nfra duo poggi siede ombrosa valle,/ ivi s'acqueta l'alma sbigottita; et come Amor l'envita,/ or ride, or piange, or teme, or s'assecura;/ e 'l volto che lei segue ov'ella il mena/ si turba et rasserena,/ et in un esser picciol tempo dura;/ onde a la vista huom di tal vita experto/ diria: Questo arde, et di suo stato è incerto.

Per alti monti et per selve aspre trovo/ qualche riposo: ogni habitato loco/ è nemico mortal degli occhi miei./ A ciascun passo nasce un penser novo/ de la mia donna, che sovente in gioco/ gira 'l tormento ch'i' porto per lei;/ et a pena vorrei/ cangiar questo mio viver dolce amaro,/ ch'i' dico: Forse anchor ti serva Amore/ ad un tempo migliore;/

wird man, dir selbst verhaßt, dich nicht mehr hassen.
Und still, im Innern, seufzend sprech ich dann:
So könnt es wirklich sein? Doch wie und wann?

Wo mir ein Baum, ein Hügel Schatten spendet,
da bleib ich oft. Dem Stein an meiner Seit'
präg ich der Liebsten schöne Züge ein.
Und wenn mein Geist sich wieder zu sich wendet,
spür ich die Tränen meiner Zärtlichkeit.
Wo bin ich, ach, warum bin ich allein?
Doch fühl ich, wenn als Schein
sie mir entspringt aus meiner Hoffnung Glut
und sie dann lebend mir vor Augen steht,
wie Amor mit mir geht
und sanft in solchem Wahn die Seele ruht.
Sosehr der schöne Trug mich oft entzückte,
daß, hätt' er Dauer, nichts mich mehr beglückte.

Wer wird mir glauben, daß ich oft gesehen
auf grüner Aue sie, im klaren Quell,
im Buchenstamm, der weißen Wolke Band,
so schön, es müßte Leda selbst gestehen,
die Schönheit Helenas scheint nicht so hell,

forse, a te stesso vile, altrui se' caro./ Et in questa trapasso sospirando:/ Or porrebbe esser vero? or come? or quando?

Ove porge ombra un pino alto od un colle/ talor m'arresto, et pur nel primo sasso/ disegno co la mente il suo bel viso./ Poi ch'a me torno, trovo il petto molle/ de la pietate; et alor dico: Ahi lasso,/ dove se' giunto! et onde se' diviso!/ Ma mentre tener fiso/ posso al primo pensier la mente vaga,/ et mirar lei, et oblïar me stesso,/ sento Amor sí da presso,/ che del suo proprio error l'alma s'appaga:/ in tante parti et sí bella la veggio,/ che se l'error durasse, altro non cheggio.

I' l'ò piú volte (or chi fia che mi 'l creda?)/ ne l'acqua chiara et sopra l'erba verde/ veduto viva, et nel tronchon d'un faggio/ e 'n bianca nube, sí fatta che Leda/ avria ben detto che sua figlia perde,/

grad wie den Stern verdeckt der Sonne Brand.
Je wilder auch das Land
und je verlassener des Meeres Saum,
um so viel schöner sie mein Geist sich schafft.
Doch wenn der Wahrheit Kraft
von dannen jagt den allzu süßen Traum,
bin ich auf kaltem Stein erstarrt, versteint,
als Standbild, das doch denkt und schreibt und weint.

Wo sich die Schatten niemals niederlassen
von andern Bergen, dahin, dort empor
zieht mich der wilden Sehnsucht Schmerz und Lust.
Da können meine Augen es erfassen,
wie fern mein Glück und was ich dort verlor.
Und Trauernebel ziehn durch meine Brust,
wenn es mir ganz bewußt,
wie weit von mir ihr schönes Angesicht,
von mir entfernt und dennoch mir so nah.
Und leise, leise da:
Was weinst und jammerst du, wär's möglich nicht,
daß in der Ferne dort man dein gedenkt?
Und in mein Herz sich endlich Frieden senkt.

come stella che 'l sol copre col raggio;/ et quanto in piú selvaggio/ loco mi trovo e 'n piú deserto lido,/ tanto piú bella il mio pensier l'adombra./ Poi quando il vero sgombra/ quel dolce error, pur lí medesmo assido/ me freddo, pietra morta in pietra viva,/ in guisa d'uom che pensi et pianga et scriva.

Ove d'altra montagna ombra non tocchi,/ verso 'l maggiore e 'l piú expedito giogo/ tirar mi suol un desiderio intenso;/ indi i miei danni a misurar con gli occhi/ comincio, e 'ntanto lagrimando sfogo/ di dolorosa nebbia il cor condenso,/ alor ch'i' miro et penso,/ quanta aria dal bel viso mi diparte/ che sempre m'è sí presso et sí lontano./ Poscia fra me pian piano:/ Che sai tu, lasso? forse in quella parte/ or di tua lontananza si sospira./ Et in questo penser l'alma respira.

Lied, über jenem Berg,
da, wo so heiter glänzt des Himmels Raum,
wirst du mich sehn am eil'gen Bach im Kühlen,
wirst du die Aura fühlen
von Lauras frischem, duftend grünem Baum.
Dort ist mein Herz und die es nahm zu eigen.
Hier kann sich nur die leere Hülle zeigen.

(129)

Canzone, oltra quell'alpe/ là dove il ciel è piú sereno et lieto/ mi rivedrai sovr'un ruscel corrente,/ ove l'aura si sente/ d'un fresco et odorifero laureto./ Ivi è 'l mio cor, et quella che 'l m'invola;/ qui veder pôi l'imagine mia sola.

In dunklen Wäldern, tief und ungeheuer,
wo selbst Bewaffnete den Mut verlören,
geh sicher ich, den sonst nichts kann verstören
als meiner Sonne Strahlen, Amors Feuer.

Ich geh im Wahn und singe ohne Ziel
von der, die in mir meine Augen schauen.
Sie steht vor mir inmitten ihrer Frauen,
doch ist es nur der Bäume Schattenspiel.

Sie scheint mir nah, wenn Zweig und Lüfte trauern,
die Vögel klagen und das Laub sich regt,
die Wasser murmeln, dort am grünen Rain.

Nie hat ein Schweigen, einsames Erschauern
von dunklen Schatten so mein Herz erregt.
Doch allzu fern ist meiner Sonne Schein.

(176)

Per mezz'i boschi inhospiti et selvaggi,/ onde vanno a gran rischio uomini et arme,/ vo securo io, ché non pò spaventarme/ altri che 'l sol ch'à d'amor vivo i raggi;

et vo cantando (o penser' miei non saggi!)/ lei che 'l ciel non poria lontana farme,/ ch'i' l'ò negli occhi, et veder seco parme/ donne et donzelle, et son abeti et faggi.

Parme d'udirla, udendo i rami et l'òre/ et le frondi, et gli augei lagnarsi, et l'acque/ mormorando fuggir per l'erba verde.

Raro un silentio, un solitario horrore/ d'ombrosa selva mai tanto mi piacque:/ se non che dal mio sol troppo si perde.

Wie viele Berge der Ardennen lagen
und Flüsse vor mir heut und gingen,
dem Herz und Fuß beflügeln Amors Schwingen,
die uns hinauf zum dritten Himmel tragen.

Süß ist es, schutzlos hier gegangen sein,
wo Mars bewaffnet wütet, tötet, haßt,
Schiff ohne Ruder ich und ohne Mast,
schwer von Gedanken, flüchtig und allein.

Doch hier nun, an des dunklen Tages Rand,
woher ich kam bedenkend, was mich trieb,
fühl ich, wie Angst gebärt der Sehnsucht Brand.

Den Fluß, das schöne Land, den Augen lieb,
grüßt aber schon mein Herz, und Ruhe fand
bei seinem Licht es, das beständig blieb.

(177)

Mille piagge in un giorno et mille rivi/ mostrato m'à per la famosa Ardenna/ Amor, ch'a' suoi le piante e i cori impenna/ per fargli al terzo ciel volando ir vivi.

Dolce m'è sol senz'arme esser stato ivi,/ dove armato fier Marte, et non acenna,/ quasi senza governo et senza antenna/ legni in mar, pien di penser' gravi et schivi.

Pur giunto al fin de la giornata oscura,/ rimembrando ond'io vegno, et con quai piume,/ sento di troppo ardir nascer paura.

Ma 'l bel paese e 'l dilectoso fiume/ con serena accoglienza rassecura/ il cor già vòlto ov'abita il suo lume.

Ich fühle alten Hauch, schon kommt das Meer
der Hügel sanft, der Ort, wo einst ich fand
das schöne Licht, vom Himmel mir gesandt,
der Augen Lust, die jetzt so feucht und schwer.

O leeres Hoffen, Wahn und Angedenken,
verwitwet ist das Gras und trüb die Quelle
und leer und kalt, da einst sie lag, die Stelle,
ich lebend, wo das Grab mich sollt' versenken.

Da hätt' ein sanftes Grün mein Los gewendet,
und ein Paar Augen, das mein Herz verbrannt,
hätt' meines Lebens Mühsal mir beendet.

Hart war und karg der Herr, den ich gekannt,
da brennend ich, mein Feuer mich geblendet,
nun ist es Asche, ach, auf ödem Sand.

(320)

Sento l'aura mia anticha, e i dolci colli/ veggio apparire, onde 'l bel lume nacque/ che tenne gli occhi mei mentr'al ciel piacque/ bramosi et lieti, or li tèn tristi et molli.

O caduche speranze, o penser' folli!/ Vedove l'erbe et torbide son l'acque,/ et vòto et freddo 'l nido in ch'ella giacque,/ nel qual io vivo, et morto giacer volli,

sperando alfin, da le soavi piante/ et da' belli occhi suoi, che 'l cor m'ànn'arso,/ riposo alcun de le fatiche tante.

Ò servito a signor crudele et scarso:/ ch'arsi quanto 'l mio foco ebbi davante,/ or vo piangendo il suo cenere sparso.

An Italien

Italien mein, könnt' heilen nur mein Wort
die Wunden tödlich offen,
die man dir in den schönen Körper stieß!
Doch sei mein Klagen, wie sie es erhoffen
am Tiber, Arno dort,
am Po, wo ich mich traurig niederließ.
Herr, der uns hoffen hieß,
der du herniederkamst in unsre Pein,
schenk dein Erbarmen dem geliebten Land,
und bleib ihm zugewandt.
Schau, um ein Nichts die Herzen sich entzwein,
sie, die gebannt in Stein
Mars' schlimme Leidenschaft.
Erwärme sie, bring sie zu neuem Leben,
und deiner Wahrheit Kraft
sei meinem Wort, wer ich auch sei, gegeben.

Ihr, die ihr nahmt dies Reich in eure Hand
durch der Fortuna Macht,
das mitleidlos ihr quält mit eurer Wut,
wer hat die fremden Waffen hergebracht,
durch die das grüne Land
gerötet ist von der Barbaren Blut?
Euch trübt der Wahn den Mut,
ihr glaubt, statt wenig, daß ihr viel empfingt,

Italia mia, benché 'l parlar sia indarno/ a le piaghe mortali/ che nel bel corpo tuo sí spesse veggio,/ piacemi almen che' miei sospir' sian quali/ spera 'l Tevero et l'Arno,/ e 'l Po, dove doglioso et grave or seggio./ Rettor del cielo, io cheggio/ che la pietà che Ti condusse in terra/ Ti volga al Tuo dilecto almo paese./ Vedi, Segnor cortese,/ di che lievi cagion' che crudel guerra;/ e i cor', che 'ndura et serra/ Marte superbo et fero,/ apri Tu, Padre, e 'ntenerisci et snoda;/ ivi fa che 'l Tuo vero,/ qual io mi sia, per la mia lingua s'oda.

Voi cui Fortuna à posto in mano il freno/ de le belle contrade,/ di che nulla pietà par che vi stringa,/ che fan qui tante pellegrine spade?/ perché 'l verde terreno/ del barbarico sangue si depinga?/ Vano error vi lusinga:/ poco vedete, et parvi veder molto,/

meint, daß gekaufte Liebe wirklich liebt.
Den große Schar umgibt,
der ist von seinen Feinden schon umringt.
Oh, welche Sintflut dringt
aus welchen fremden Wüsten,
die süßen Fluren uns zu überschwemmen.
Wenn wir sie selbst begrüßten,
wer kann dies Unglück denn bei uns noch hemmen?

Natur war wohl auf unsern Schutz bedacht,
als sie der Alpen Mauer
zum Wall uns vor der Deutschen Wut erbaut.
Indes die Gier, Feind jedes Glückes Dauer,
wühlt so in ihrer Nacht,
daß Krätze nun bedeckt die reine Haut.
In einer Hürde, schaut,
sieht man die Wölfe sich zur Herde wagen,
so daß die Guten trifft der Bösen Tat.
Und dies ist erst die Saat
des schlimmen Volkes für noch größre Plagen,
dem, wie sie sagen,
einst Marius weggerafft
so viele, nie dies in Vergessen sank,
daß durstig, ohne Kraft,
er mehr an Blut im Fluß als Wasser trank.

ché 'n cor venale amor cercate o fede./ Qual piú gente possede,/ colui è piú da' suoi nemici avolto./ O diluvio raccolto/ di che deserti strani/ per inondar i nostri dolci campi!/ Se da le proprie mani/ questo n'avene, or chi fia che ne scampi?

Ben provide Natura al nostro stato,/ quando de l'Alpi schermo/ pose fra noi et la tedesca rabbia;/ ma 'l desir cieco, e 'ncontra 'l suo ben fermo,/ s'è poi tanto ingegnato,/ ch'al corpo sano à procurato scabbia./ Or dentro ad una gabbia/ fiere selvagge et mansüete gregge/ s'annidan sí, che sempre il miglior geme;/ et è questo del seme,/ per piú dolor, del popol senza legge,/ al qual, come si legge,/ Mario aperse sí 'l fianco,/ che memoria de l'opra ancho non langue,/ quando assetato et stanco/ non piú bevve del fiume acqua che sangue.

Von Cäsar schweig ich, siegreich, ohne Rast,
der rot die Fluren machte,
wo er sein Schwert dem Feind entgegenschwenkte.
Mir scheint – ist's, weil ein Stern uns Unheil brachte? –,
daß uns der Himmel haßt,
der euch mit seiner Gunst so sehr beschenkte.
Seit euch die Zwietracht lenkte,
dies schöne Land sich schwarz mit Trauer färbt.
O Schuld und Strafe, schlimmes Schicksalswort:
Ihr treibt den Nachbarn fort,
den Unglücklichen ruchlos ihr verderbt.
Ihr fremde Söldner werbt
und seht es mit Genuß,
wie sie mit Blut befleckt sich kaufen lassen.
Aus Not ich schreien muß,
doch nicht verachten will ich und nicht hassen.

Vor so viel Zeichen ihr die Augen schließt
und dabei nicht erkennt
des Bayern Trug, der scherzt nur mit dem Tod.
Mehr schmerzt der Hohn noch als der Schaden brennt,
doch euer Blut, es fließt
so tödlich, weil in euch die Rachsucht loht.
Beim ersten Morgenrot
denkt doch an euch, dann werdet Ihr es sehen,

Cesare taccio che per ogni piaggia/ fece l'erbe sanguigne/ di lor vene, ove 'l nostro ferro mise./ Or par, non so per che stelle maligne,/ che 'l cielo in odio n'aggia:/ vostra mercé, cui tanto si commise./ Vostre voglie divise/ guastan del mondo la piú bella parte./ Qual colpa, qual giudicio o qual destino/ fastidire il vicino/ povero, et le fortune afflicte et sparte/ perseguire, e 'n disparte/ cercar gente et gradire,/ che sparga 'l sangue et venda l'alma a prezzo?/ Io parlo per ver dire,/ non per odio d'altrui, né per disprezzo.

Né v'accorgete anchor per tante prove/ del bavarico inganno/ ch'alzando il dito colla morte scherza?/ Peggio è lo strazio, al mio parer, che 'l danno;/ ma 'l vostro sangue piove/ piú largamente, ch'altr'ira vi sferza./ Da la matina a terza/ di voi pensate, et vederete come/

wie der euch liebt, der selbst sich Schmach antut.
O edler Römer Blut,
laßt diese Geißel gehen!
Was nützt euch anzuflehen
den Namen leer und dreist?
Denn wenn dem Furor aus des Nordens Nacht
sich unterwirft der Geist,
ist's unsre Schuld und nicht des Schicksals Macht.

Berührte nicht mein Fuß zuerst dies Land?
War nicht mein Nest gebaut
hier, wo die Nahrung mir so süß geschmeckt?
Hab ich nicht stets dem Vaterland vertraut?
Mutter, mit zarter Hand
hast du die Eltern beide mir bedeckt.
Bei Gott, wenn dies nicht weckt
Erbarmen in euch, daß ihr einmal neigt
den Blick auf dieses Volk, das ihr vernichtet
und das doch einzig richtet
auf euch, nach Gott, sein Hoffen, jetzt nicht schweigt!
Nur einmal Mitleid zeigt,
dann, mit des Nordens Wut,
wird sich in kurzem Kampf die Tugend messen.
Noch ist der alte Mut
in der Italer Herzen nicht vergessen.

tien caro altrui che tien sé cosí vile./ Latin sangue gentile,/ sgombra da te queste dannose some;/ non far idolo un nome/ vano senza soggetto:/ ché 'l furor de lassú, gente ritrosa,/ vincerne d'intellecto,/ peccato è nostro, et non natural cosa.

Non è questo 'l terren ch'i' toccai pria?/ Non è questo il mio nido/ ove nudrito fui sí dolcemente?/ Non è questa la patria in ch'io mi fido,/ madre benigna et pia,/ che copre l'un et l'altro mio parente?/ Perdio, questo la mente/ talor vi mova, et con pietà guardate/ le lagrime del popol doloroso,/ che sol da voi riposo/ dopo Dio spera; et pur che voi mostriate/ segno alcun di pietate,/ vertú contra furore/ prenderà l'arme, et fia 'l combatter corto:/ ché l'antiquo valore/ ne l'italici cor' non è anchor morto.

Ihr Herrn, wie schnell die Zeit fliegt, seht doch ein,
und wie das Leben flieht
und uns der Tod schon hinterm Rücken steht.
Ihr seid noch hier, bedenkt, wohin ihr zieht.
Die Seele nackt, allein,
schon an des dunklen Weges Ende seht.
Wenn durch dies Tal ihr geht,
den Haß und die Verachtung von euch reißt,
die finstern Feinde eurer Heiterkeit.
Vertut nicht eure Zeit
mit Ränken, schafft ein Werk, das jeder preist,
mit Händen oder Geist
der Tugend Lorbeer pflückt,
auf schöne Studien richtet euer Streben,
so seid ihr hier beglückt
und bahnt den Weg euch für das ew'ge Leben.

Lied, diesen Auftrag nimm:
Sag deine Sache höflich, aber frei.
Zu hochgestellten Herren führt dein Gang,
in deren Seelen drang
das alte Gift der schlimmen Schmeichelei,
der Lüge Kumpanei.
Doch wird es auch geschehen,

Signor', mirate come 'l tempo vola,/ et sí come la vita/ fugge, et la morte n'è sovra le spalle./ Voi siete or qui; pensate a la partita:/ ché l'alma ignuda et sola/ conven ch'arrive a quel dubbioso calle./ Al passar questa valle/ piacciavi porre giú l'odio et lo sdegno,/ vènti contrari a la vita serena;/ et quel che 'n altrui pena/ tempo si spende, in qualche acto piú degno/ o di mano o d'ingegno,/ in qualche bella lode,/ in qualche honesto studio si converta:/ cosí qua giú si gode,/ et la strada del ciel si trova aperta.

Canzone, io t'ammonisco/ che tua ragion cortesemente dica,/ perché fra gente altera ir ti convene,/ et le voglie son piene/ già de l'usanza pessima et antica,/ del ver sempre nemica./ Proverai tua ventura/

daß du auf Großmut triffst, des Guten Hort.
Dort ruf: – Wer hört mein Flehen?
Ich schreie Frieden, Frieden immerfort! –

(128)

fra' magnanimi pochi a chi 'l ben piace./ Di' lor: – Chi m'assicura?/ I' vo gridando: Pace, pace, pace. –

Landschaften der Erinnerung und der Sehnsucht

Wenn schnell sich abends tief der Himmel senkt
nach Westen und mit ihm der Tag entflieht
– vielleicht erwarten andre ihn schon dort –,
in fernem Land sich plötzlich einsam sieht
die alte Pilgerin, und eilends lenkt
sie ihre Schritte und geht schneller fort,
und doch an fremdem Ort,
wenn sich der Tag beschließt,
ihr etwas Tröstung fließt
aus kurzem Schlummer zu als süßer Lohn
für des vergangnen Weges Last und Fron.
Doch ach, ein jeder Schmerz, den mir der Tag gebracht,
wächst weiter, wenn sich schon
das ewge Licht trennt von der dunklen Nacht.

Wenn seinen Gang der Sonnenwagen wendet
und an des Himmels Rand die Nacht schon steht,
draus tiefer jetzt vom Berg der Schatten dringt,
der Kätner mit der Hacke heimwärts geht,
mit rauhem Lied er nun sein Tagwerk endet
und allen Kummer von der Brust sich singt.
Dann auf den Tisch er bringt
an armen Früchten reich
das Mahl, den Eicheln gleich,
die jeder flieht und dennoch jeder ehrt.

Ne la stagion che 'l ciel rapido inchina/ verso occidente, et che 'l dí nostro vola/ a gente che di là forse l'aspetta,/ veggendosi in lontan paese sola,/ la stancha vecchiarella pellegrina/ raddoppia i passi, et piú et piú s'affretta;/ et poi cosí soletta/ al fin di sua giornata/ talora è consolata/ d'alcun breve riposo, ov'ella oblia/ la noia e 'l mal de la passata via./ Ma, lasso, ogni dolor che 'l dí m'adduce/ cresce qualor s'invia/ per partirsi da noi l'eterna luce.

Come 'l sol volge le 'nfiammate rote/ per dar luogo a la notte, onde discende/ dagli altissimi monti maggior l'ombra,/ l'avaro zappador l'arme riprende,/ et con parole et con alpestri note/ ogni gravezza del suo petto sgombra;/ et poi la mensa ingombra/ di povere vivande,/ simili a quelle ghiande,/ le qua' fuggendo tutto 'l mondo honora./

Wer es nur will, dem ist nicht stets verwehrt
das Glück, mir immer fern,
die Ruhe so begehrt,
dreht auch der Himmel sich, dreht sich sein Stern.

Sobald der Hirt die Strahlen fallen sieht
des großen Sterns zum Nest, darin er ruht,
im Osten sich verdunkelt schon das Land,
erhebt er sich, und wie er's immer tut,
von Buchen, Gras und Quell er weiterzieht
und treibt die Herde an mit sanfter Hand.
Wo nie ein Mensch ihn fand,
hat er im Wald sein Haus,
streut grünes Laub dort aus,
streckt sich und schläft, dem niemals widerfuhr
des Denkens Qual. Du, Amor, willst, daß nur
ein Wild mich lockt, das ins Verderben zieht
mit Stimmen, Schritten, Spur,
und faßt sie nie, die mir entweicht und flieht.

Die Schiffer lassen in verborgner Bucht,
wenn schon die Sonne ging, die Glieder schwer
auf harte Planken unter Kleidern, rauhen,
herniederfallen, da sie sinkt ins Meer,

Ma chi vuol si rallegri ad ora ad ora,/ ch'i' pur non ebbi anchor, non dirò lieta,/ ma riposata un'hora,/ né per volger di ciel né di pianeta.

Quando vede 'l pastor calare i raggi/ del gran pianeta al nido ov'egli alberga,/ e 'nbrunir le contrade d'orïente,/ drizzasi in piedi, et co l'usata verga,/ lassando l'erba et le fontane e i faggi,/ move la schiera sua soavemente;/ poi lontan da la gente/ o casetta o spelunca/ di verdi frondi ingiuncha:/ ivi senza pensier' s'adagia et dorme./ Ahi crudo Amor, ma tu allor piú mi 'nforme/ a seguir d'una fera che mi strugge,/ la voce e i passi et l'orme,/ et lei non stringi che s'appiatta et fugge.

E i naviganti in qualche chiusa valle/ gettan le membra, poi che 'l sol s'asconde,/ sul duro legno, et sotto a l'aspre gonne./ Ma io, perché s'attuffi in mezzo l'onde,/

Granada, Spanien läßt auf ihrer Flucht,
Marokko und der Säulen altes Grauen,
den Männern und den Frauen,
den Tieren ohne Zahl,
wird sanfter ihre Qual,
doch find kein End ich meiner tiefen Trauer,
die täglich steigt; wie eine hohe Mauer
mein Wille wuchs, der will, daß nichts mich tröste
in langer Jahre Dauer,
und niemand find ich, der den Schmerz mir löste.

Indes mir Trost verspricht dies einsam Sprechen,
von schöngepflügten Hügeln führt der Bauer
die Ochsen abends, die kein Joch beschwert.
Warum weicht nimmer von mir meine Trauer?
Warum will niemand denn mein Joch zerbrechen?
Warum sich Tag und Nacht mein Herz verzehrt?
Dies hab ich, ach, begehrt,
als unverwandt und nah
ich ihre Züge sah,
sie unauslöschlich mir ins Herz zu schreiben,
draus nicht Gewalt noch List sie sollt vertreiben,
bis der mich faßt und mir das Leben bricht,
der uns gewährt kein Bleiben.
Doch ist der Tod vielleicht das Ende nicht?

et lasci Hispagna dietro a le sue spalle,/ et Granata et Marrocho et le colonne,/ et gli uomini et le donne/ e 'l mondo et gli animali/ aquetino i lor mali,/ fine non pongo al mio obstinato affanno;/ et duolmi ch'ogni giorno arroge al danno,/ ch'i' son già pur crescendo in questa voglia/ ben presso al decim'anno,/ né poss'indovinar chi me ne sciolglia.

Et perché un poco nel parlar mi sfogo,/ veggio la sera i buoi tornare sciolti/ da le campagne et da' solcati colli:/ i miei sospiri a me perché non tolti/ quando che sia? perché no 'l grave giogo?/ perché dí et notte gli occhi miei son molli?/ Misero me, che volli/ quando primier sí fiso/ gli tenni nel bel viso/ per iscolpirlo imaginando in parte/ onde mai né per forza né per arte/ mosso sarà, fin ch'i' sia dato in preda/ a chi tutto diparte!/ Né so ben ancho che di lei mi creda.

Lied, wenn dies Beimirsein
vom Morgen bis zur Nacht
dich mir zum Freund gemacht,
wirst fliehen du der großen Städte Trug,
dir ist statt Lob von anderen genug,
auf Bergen wandernd einsam nachzusinnen,
wie mich das Feuer schlug
des schönen Steins, dem ich nicht kann entrinnen.

(50)

Canzon, se l'esser meco/ dal matino a la sera/ t'à fatto di mia schiera,/ tu non vorrai mostrarti in ciascun loco;/ et d'altrui loda curerai sí poco,/ ch'assai ti fia pensar di poggio in poggio/ come m'à concio 'l foco/ di questa viva petra, ov'io m'appoggio.

Was mich bedrängt und wie es um mich steht,
du sollst, Sennuccio, meine Qualen kennen.
Noch immer muß ich glühen und verbrennen,
ich bin mir gleich, wie auch der Windhauch dreht.

Hier sah ich freundlich sie, voll Hochmut hier,
bald schroff, bald weich, erbarmungslos und mild,
der Züchtigkeit und bald der Anmut Bild,
hier sanft, hier stolz, hier grausam wie ein Tier,

hier ging sie singend und ließ hier sich nieder,
hier wandte sie sich um, hier hielt sie ein,
hier weckte sie mit Blicken mein Verlangen.

Hier gab sie mir ein Wort, ein Lächeln wieder,
hier blickt' sie kalt. So hält in Glück und Pein
Erinnerung mich Tag und Nacht gefangen.

(112)

Sennuccio, i' vo' che sapi in qual manera/ tractato sono, et qual vita è la mia:/ ardomi et struggo anchor com'io solia;/ l'aura mi volve, et son pur quel ch'i' m'era.

Qui tutta humile, et qui la vidi altera,/ or aspra, or piana, or dispietata, or pia;/ or vestirsi honestate, or leggiadria,/ or mansüeta, or disdegnosa et fera.

Qui cantò dolcemente, et qui s'assise;/ qui si rivolse, et qui rattenne il passo;/ qui co' begli occhi mi trafisse il core;

qui disse una parola, et qui sorrise;/ qui cangiò 'l viso. In questi pensier', lasso,/ nocte et dí tiemmi il signor nostro Amore.

Klare und kühle Flut,
worin die schönen Glieder
sie tauchte, der sich ganz mein Leben weiht,
Zweig, woran sie geruht
(dies Bild bedrängt mich wieder),
als Säule ihr bereit,
Gras, Blumen, die ihr Kleid
so anmutvoll bedeckt,
und ihre süße Brust –
o heilig-heitre Lust,
Luft, wo ihr Blick mein Sehnen einst erweckt,
ihr alle, schweigt jetzt still,
hört, was, dem Tod schon nah, ich sagen will.

Wenn mir dies Los beschieden,
der Himmel dies verlangt,
und Amor löscht mein Licht mit Tränen aus,
oh, daß ihr dann in Frieden
den armen Leib empfangt;
die Seele kehre in ihr Vaterhaus.
Es weicht des Todes Graus,
bleibt diese Hoffnung mir
bei meinem schweren Schritt,
daß, die so viel erlitt,
die Seele, fänd kein sanfteres Quartier,
kein Bett aus still'rem Stein,
zu fliehen dieses Fleisch und dies Gebein.

Chiare, fresche et dolci acque,/ ove le belle membra/ pose colei che sola a me par donna;/ gentil ramo ove piacque/ (con sospir' mi rimembra)/ a lei di fare al bel fiancho colonna;/ herba et fior' che la gonna/ leggiadra ricoverse/ co l'angelico seno;/ aere sacro, sereno,/ ove Amor co' begli occhi il cor m'aperse:/ date udïenza insieme/ a le dolenti mie parole extreme.

S'egli è pur mio destino/ e 'l cielo in ciò s'adopra,/ ch'Amor quest'occhi lagrimando chiuda,/ qualche gratia il meschino/ corpo fra voi ricopra,/ et torni l'alma al proprio albergo ignuda./ La morte fia men cruda/ se questa spene porto/ a quel dubbioso passo:/ ché lo spirito lasso/ non poria mai in piú riposato porto/ né in piú tranquilla fossa/ fuggir la carne travagliata et l'ossa.

Es wird vielleicht geschehen,
daß zu dem Ort zurück
die Schöne, Scheue, Sanfte noch sich wendet,
wo sie mich einst gesehen
im heilgen Augenblick
und zärtlich sich ihr Blick umsonst verschwendet,
denn was der Tod beendet,
ist schon zu Staub zerstoben.
In innigem Verzagen
wird sie so zärtlich klagen,
daß Gnade sie dort oben
und Mitleid mir erweckt,
wenn mit dem Schleier sie das Auge deckt.

Aus leichten Zweigen fiel
(wie süß fiel es mir ein)
auf ihren Schoß ein Schnee, sie spürt es kaum.
Und sie, das schöne Ziel,
saß still im Glorienschein,
bedeckt von liebevollem Blütentraum;
die fiel herab zum Saum,
die auf ihr Haar, das helle,
wie Perlen weiß auf Gold
war sie den Blicken hold,
die senkt zur Erde sich und die zur Quelle,
die sanft im Winde schwebt,
als sagte sie, hier ist's, wo Amor lebt.

Tempo verrà anchor forse/ ch'a l'usato soggiorno/ torni la fera bella et mansüeta,/ et là 'v'ella mi scorse/ nel benedetto giorno,/ volga la vista disïosa et lieta,/ cercandomi: et, o pietà!,/ già terra in fra le pietre/ vedendo, Amor l'inspiri/ in guisa che sospiri/ sí dolcemente che mercé m'impetre,/ et faccia forza al cielo,/ asciugandosi gli occhi col bel velo.

Da' be' rami scendea/ (dolce ne la memoria)/ una pioggia di fior' sovra 'l suo grembo;/ et ella si sedea/ humile in tanta gloria,/ coverta già de l'amoroso nembo./ Qual fior cadea sul lembo,/ qual su le treccie bionde,/ ch'oro forbito et perle/eran quel dí a vederle;/ qual si posava in terra, et qual su l'onde;/ qual con un vago errore/ girando parea dir: Qui regna Amore.

Wie oft sprach ich so sehr
verstört und todesbang:
die kommt gewiß von gnadenreichem Ort,
so von Vergessen schwer
ward ich durch ihren Gang,
ihr Angesicht, ihr Lachen und ihr Wort,
und so riß sie mich fort
aus irdischen Beschwerden,
daß seufzend ich begann:
Wie kam ich her und wann?
Und glaubt' im Himmel mich und nicht auf Erden.
Drum schenkt dies Gras mir Rast,
den stets die Unrast treibt, der Frieden haßt.

Flög' deine Kunst so hoch wie dein Bestreben,
du könntest kühn entschlossen
den Wald verlassen, unter Menschen leben.

(126)

Quante volte diss'io/ allor pien di spavento:/ Costei per fermo nacque in paradiso./ Cosí carco d'oblio/ il divin portamento/ e 'l volto e le parole e 'l dolce riso/ m'aveano, et sí diviso/ da l'imagine vera,/ ch'i' dicea sospirando:/ Qui come venn'io, o quando?;/ credendo esser in ciel, non là dov'era./ Da indi in qua mi piace/ questa herba sí, ch'altrove non ò pace.

Se tu avessi ornamenti quant'ài voglia,/ poresti arditamente/ uscir del boscho, et gir in fra la gente.

Apoll, dies Laub, das einzig ich umworben,
das du geliebt, in schöner Einsamkeit
grünt es allein und ohnegleichen, seit
einst Adam sah, was ihn und uns verdorben.

Halt ein und laß uns schaun: Ich rufe, flehe,
o Sonne, doch du fliehst. Schon läßt du hier
die Hügel dunkeln, führst den Tag mit dir,
nahmst fliehend mir, wonach ich schier vergehe.

Im Schatten, fallend auf das Hügelland
– ein Funken war mein sanftes Feuer dort,
der große Lorbeer dort ein zartes Reis –,

der wächst, indes ich spreche, mir entschwand
der Augen süßes Bild, der sel'ge Ort,
wo sich mein Herz bei seiner Herrin weiß.

(188)

Almo Sol, quella fronde ch'io sola amo,/ tu prima amasti, or sola al bel soggiorno/ verdeggia, et senza par poi che l'addorno/ suo male et nostro vide in prima Adamo.

Stiamo a mirarla: i' ti pur prego et chiamo,/ o Sole; et tu pur fuggi, et fai d'intorno/ ombrare i poggi, et te ne porti il giorno,/ et fuggendo mi toi quel ch'i' piú bramo.

L'ombra che cade da quel' humil colle,/ ove favilla il mio soave foco,/ ove 'l gran lauro fu picciola verga,

crescendo mentr'io parlo, agli occhi tolle/ la dolce vista del beato loco,/ ove 'l mio cor co la sua donna alberga.

Du grüner Hügel, blüten-, schattenreich,
Ort, wo sie einsam ruht und sinnt und singt
und uns vom Himmel hier schon Kunde bringt,
der keine sonst an Ruhm und Schönheit gleich,

mein Herz, das mich verließ und sie nur schaut,
und dies ist gut und besser, wenn es bleibt,
erzählt nun, wo ihr schöner Fuß beschreibt
das Gras, von meiner Augen Naß betaut;

es drängt sich her und sagt bei jedem Schritt:
Säh' dich der Arme nur, und wär's nicht viel,
der müde schon von dem, was er erlitt;

sie lacht dabei, und ungleich ist das Spiel:
Du Paradies, ich ohne Herz Granit,
o heilig-wunderbares, süßes Ziel.

(243)

Fresco, ombroso, fiorito et verde colle,/ ov'or pensando et or cantando siede,/ et fa qui de' celesti spirti fede,/ quella ch'a tutto 'l mondo fama tolle:

il mio cor che per lei lasciar mi volle/ (et fe' gran senno, et piú se mai non riede)/ va or contando ove da quel bel piede/ segnata è l'erba, et da quest'occhi è molle.

Seco si stringe, et dice a ciascun passo:/ Deh fusse or qui quel miser pur un poco,/ ch'è già di pianger et di viver lasso!

Ella sel ride, et non è pari il gioco:/ tu paradiso, i' senza cor un sasso,/ o sacro, aventuroso et dolce loco.

Tal, das noch widerhallt von meinen Klagen,
Fluß, übervoll von meinen Tränen, und
ihr Tiere, Vögel, Fische dort im Grund,
umringt von Wäldern, die zum Himmel ragen,

Luft, die erwärmt und hell mein Atmen spürt,
vertrauter Weg, den ich nun traurig gehe,
du schöner Hügel, wo ich einsam stehe
und wohin Amor mich wie einst geführt,

ihr seid euch gleich, ihr altvertrauten Fluren,
ich bin mir fremd, ach, dem sein Glück zerstob
und den zur Wohnung nahm das bittre Leid.

Von hier sah ich mein Glück, auf diesen Spuren
kehr ich zurück. Dort ist's, wo sich erhob
die Seele und verließ ihr schönes Kleid.

(301)

Valle che de' lamenti miei se' piena,/ fiume che spesso del mio pianger cresci,/ fere selvestre, vaghi augelli et pesci,/ che l'una et l'altra verde riva affrena,

aria de' miei sospir' calda et serena,/ dolce sentier che sí amaro rïesci,/ colle che mi piacesti, or mi rincresci,/ ov'anchor per usanza Amor mi mena:

ben riconosco in voi l'usate forme,/ non, lasso, in me, che da sí lieta vita/ son fatto albergo d'infinita doglia.

Quinci vedea 'l mio bene; et per queste orme/ torno a veder ond'al ciel nuda è gita,/ lasciando in terra la sua bella spoglia.

Das Bild der Geliebten

Daß ihr einmal nicht euren Schleier tragt,
das, Herrin, sah ich nicht,
seit ihr erkannt auf meinem Angesicht
den Wunsch, der alle andern mir verjagt.

Als noch mein Sehnen tief in mir versteckt,
durch das mein Geist mir dann wie leblos ward,
sah ich, wie Mitleid euer Herz beschwert;
doch seit mich Amor vor euch offenbart,
der Schleier euer blondes Haar bedeckt,
die reizend schönen Blicke in sich kehrt.
Verloren ist mir, was ich so begehrt;
so groß des Schleiers Macht,
daß er in Frost und Glut mir Tod gebracht,
weil er mir euer Augenlicht versagt.

(11)

Lassare il velo o per sole o per ombra,/ donna, non vi vid'io/ poi che in me conosceste il gran desio/ ch'ogni altra voglia d'entr'al cor mi sgombra.

Mentr'io portava i be' pensier' celati,/ ch'ànno la mente desïando morta,/ vidivi di pietate ornare il volto;/ ma poi ch'Amor di me vi fece accorta,/ fuor i biondi capelli allor velati,/ et l'amoroso sguardo in sé raccolto./ Quel ch'i' piú desïava in voi m'è tolto:/ sí mi governa il velo/ che per mia morte, et al caldo et al gielo,/ de' be' vostr'occhi il dolce lume adombra.

Schon brannte, Zeichen unsrer süßen Qualen,
der Stern im Orient, im Norden stand
der andre, der einst Jupiter entbrannt,
und drehte schön und leuchtend seine Strahlen,

die Alte war zum Spinnen schon bereit,
blies, noch im Nachtkleid, barfuß, wach die Glut,
die Liebenden stach, wie er stets es tut,
der Schmerz, wenn sie der frühe Tag entzweit,

als meine Hoffnung, krank und todesbang,
zu mir trat, nicht auf ihren alten Wegen,
vom Schlaf versperrt, von Tränen übergossen;

ach, wie verändert kam sie mir entgegen
und sagt': Was ist's, das deinen Mut bezwang?
Noch sind dir diese Augen unverschlossen.

(33)

Già fiammeggiava l'amorosa stella/ per l'orïente, et l'altra che Giunone/ suol far gelosa nel septentrïone,/ rotava i raggi suoi lucente et bella;

levata era a filar la vecchiarella,/ discinta et scalza, et desto avea 'l carbone,/ et gli amanti pungea quella stagione/ che per usanza a lagrimar gli appella:

quando mia speme già condutta al verde/ giunse nel cor, non per l'usata via,/ che 'l sonno tenea chiusa, e 'l dolor molle;

quanto cangiata, oimè, da quel di pria!/ Et parea dir: Perché tuo valor perde?/ Veder quest'occhi anchor non ti si tolle.

Und schaute Polyklet auch unverwandt
und alle, die des Abbilds Meister waren,
sie sähen Schönres nicht in tausend Jahren
als ihre Schönheit, die das Herz mir band.

Doch mein Simone war im Paradies,
von wo sie einst zu uns herabgekommen,
dort sah er sie und hat ihr Bild genommen,
daß es auf Erden sich erschauen ließ.

Sein Werk erscheint von himmlischer Gestalt,
wie unsre Augen sie sonst niemals sehen,
wo sich verhüllt der Seele Aufenthalt.

Was er vollbracht, er konnt' es nicht verstehen,
als er erneut verspürte warm und kalt
und auf die Dinge blickte, die vergehen.

(77)

Per mirar Policleto a prova fiso/ con gli altri ch'ebber fama di quell'arte/ mill'anni, non vedrian la minor parte/ de la beltà che m'ave il cor conquiso.

Ma certo il mio Simon fu in paradiso/ (onde questa gentil donna si parte),/ ivi la vide, et la ritrasse in carte/ per far fede qua giú del suo bel viso.

L'opra fu ben di quelle che nel cielo/ si ponno imaginar, non qui tra noi,/ ove le membra fanno a l'alma velo.

Cortesia fe'; né la potea far poi/ che fu disceso a provar caldo et gielo,/ et del mortal sentiron gli occhi suoi.

Als mein Simone mir das Urbild fand,
das ihm nach meinem Wunsch die Hand geleitet,
war es, als sei dem schönen Werk bereitet
mit dem Gesicht auch Stimme und Verstand.

Da wich von mir mein trauriges Geschick,
was andern kostbar, kann ich nun verachten.
Sie scheint mich sanft und freundlich zu betrachten
und Frieden kommt zu mir aus ihrem Blick.

Wenn ich ihr nahe voller schwerer Fragen,
scheint mir, sie höre mich vertraulich an,
als ob sie Tröstung wüßte für mein Klagen.

Pygmalion, dein Glück ist nicht zu sagen,
wenn Leben tausendfach dein Bild gewann.
Dürft' ich nur einmal solche Hoffnung wagen.

(78)

Quando giunse a Simon l'alto concetto/ ch'a mio nome gli pose in man lo stile,/ s'avesse dato a l'opera gentile/ colla figura voce ed intellecto,

di sospir' molti mi sgombrava il petto,/ che ciò ch'altri à piú caro, a me fan vile:/ però che 'n vista ella si mostra humile/ promettendomi pace ne l'aspetto.

Ma poi ch'i' vengo a ragionar co'llei,/ benignamente assai par che m'ascolte,/ se risponder savesse a' detti miei.

Pigmalïon, quanto lodar ti dêi/ de l'imagine tua, se mille volte/ n'avesti quel ch'i' sol una vorrei.

Von wunderbarer Süße tief erfüllt,
die mir mein Blick an jenem Tage schenkte
– oh, daß sich Nacht auf meine Augen senkte
und alle mindre Schönheit mir verhüllt –,

riß ich mich von ihr los, doch so gewöhnt
ist schon mein Geist, nur immer sie zu sehen,
ist sie's nicht, ohne Blick vorbeizugehen,
daß er, was andren schön heißt, nur verhöhnt.

In dieses Tal, verschlossen, öd und wild,
nach Kühlung suchend für mein mattes Leben,
kam ich voll Harm, von Amors Hand geleitet;

hier, wo mich Stein und Quell allein umgeben,
seh ich nur jenes Tages süßes Bild,
das mich, wohin ich schaue, stets begleitet.

(116)

Pien di quella ineffabile dolcezza/ che del bel viso trassen gli occhi miei/ nel dí che volentier chiusi gli avrei/ per non mirar già mai minor bellezza,

lassai quel ch'i' piú bramo; et ò sí avezza/ la mente a contemplar sola costei,/ ch'altro non vede, et ciò che non è lei/ già per antica usanza odia et disprezza.

In una valle chiusa d'ogni 'ntorno,/ ch'è refrigerio de' sospir' miei lassi,/ giunsi sol cum Amor, pensoso et tardo.

Ivi non donne, ma fontane et sassi,/ et l'imagine trovo di quel giorno/ che 'l pensier mio figura, ovunque io sguardo.

Der Himmel drehte sich schon siebzehn Mal,
seit mir entbrannten alle meine Sinne,
doch bin ich plötzlich meines Zustands inne,
faßt's mich wie Eis in meines Feuers Qual.

Wahr ist der Spruch, eher wechselt Haut und Haar
als unser Streben; wenn die Sinne schweigen,
dreht sich noch immer unsrer Lüste Reigen,
des schweren Schleiers schlimme Schattenschar.

Weh, wann erscheint mir noch des Tages Licht,
wo ich, bedenkend, wie die Jahre schwanden,
dem Feuer und der langen Qual entrönne?

Kommt je der Tag, wo frei von meinen Banden
ich unverhüllt dies süße Angesicht
mit neu erweckten Augen mir gewönne?

(122)

Dicesette anni à già rivolto il cielo/ poi che 'mprima arsi, et già mai non mi spensi;/ ma quando aven ch'al mio stato ripensi,/ sento nel mezzo de le fiamme un gielo.

Vero è 'l proverbio, ch'altri cangia il pelo/ anzi che 'l vezzo, et per lentar i sensi/ gli umani affecti non son meno intensi:/ ciò ne fa l'ombra ria del grave velo.

Oïmè lasso, e quando fia quel giorno/ che, mirando il fuggir degli anni miei,/ esca del foco, et di sí lunghe pene?

Vedrò mai il dí che pur quant'io vorrei/ quel'aria dolce del bel viso adorno/ piaccia a quest'occhi, et quanto si convene?

Wohin mich Amors scharfer Sporn auch lenkt,
muß ich die schmerzensvollen Reime wenden,
die immer folgen dem betrübten Geist.
Wo ist mein Anfang, und wo soll ich enden?
Der meine Qualen stets mit mir bedenkt,
verhüllt in Dunkel, was er mir verheißt.
Doch die Geschichte, die im Herzen kreist
der Leiden, wohin oft mein Weg sich kehrt,
und die er niederschrieb mit eigener Hand,
erzähl ich, denn dies bannt
den innern Schmerz und der Verzweiflung wehrt:
Ich sag, daß unverwandt
auf tausend Dinge fällt mein Augenlicht
und eine Frau nur sieht und ihr Gesicht.

Da mir mein Schicksal gnadenlos und kalt
entriß das Liebste, das es mir gegeben,
voll Lust, an meinem Unglück sich zu weiden,
schenkt Amor im Erinnern mir mein Leben;
daher, seh jugendlich ich die Gestalt
der neu erwachten Welt in Grün sich kleiden,
steht sie vor mir, Quell meiner ersten Leiden,
das schöne Kind, das ich jetzt Herrin nenne.
Dann, wenn erwärmend hoch die Sonne steigt,
scheint mir, als ob sich zeigt

In quella parte dove Amor mi sprona/ conven ch'io volga le dogliose rime,/ che son seguaci de la mente afflicta./ Quai fien ultime, lasso, et qua' fien prime?/ Collui che del mio mal meco ragiona/ mi lascia in dubbio, sí confuso ditta./ Ma pur quanto l'istoria trovo scripta/ in mezzo 'l cor (che sí spesso rincorro)/ co la sua propria man de' miei martiri,/ dirò, perché i sospiri/ parlando àn triegua, et al dolor soccorro./ Dico che, perch'io miri/ mille cose diverse attento et fiso,/ sol una donna veggio, e 'l suo bel viso.

Poi che la dispietata mia ventura/ m'à dilungato dal maggior mio bene,/ noiosa, inexorabile et superba,/ Amor col rimembrar sol mi mantene:/ onde s'io veggio in giovenil figura/ incominciarsi il mondo a vestir d'erba,/ parmi vedere in quella etate acerba/ la bella giovenetta, ch'ora è donna;/ poi che sormonta riscaldando il sole,/ parmi qual esser sòle,/

das Liebesfeuer, daran ich verbrenne.
Doch wenn sich traurig neigt
der Tag, sein Licht zum Abschied schon bereit,
seh ich am Ziel sie der Vollkommenheit.

Steht frisches Laub, der Teppich ausgebreitet
der Veilchen vor mir, wenn die Kälte flieht
und heller uns erscheint der Sterne Gang,
das Blau und Grün von einst mein Auge sieht,
die sich mein Feind, der immer mit mir streitet,
zur Waffe nahm, mit der er mich bezwang,
als ihre erste Süße in mich drang,
die ihre zarten Glieder sanft umhüllt,
wo jetzt die Seele wohnt, die mich entzückt,
das, was mich sonst beglückt,
mir schal erscheint, so meinen Geist erfüllt
die Demut, die sie schmückt,
erblickt einst und jetzt reif schon vor der Zeit,
o Grund und Trost du meiner Traurigkeit.

Wenn zarter Schnee rings auf den Hügeln leuchtet,
die ich von fern im Glanz der Sonne sehe,
mich Amor wie das Licht den Schnee durchdringt,
und ich im Geist vor ihrer Schönheit stehe,
die aus der Ferne mir die Augen feuchtet,

fiamma d'amor che 'n cor alto s'endonna;/ ma quando il dí si dole/ di lui che passo passo a dietro torni,/ veggio lei giunta a' suoi perfecti giorni.

In ramo fronde, over vïole in terra,/ mirando a la stagion che 'l freddo perde,/ et le stelle miglior' acquistan forza,/ ne gli occhi ò pur le vïolette e 'l verde/ di ch'era nel principio de mia guerra/ Amor armato, sí ch'anchor mi sforza,/ et quella dolce leggiadretta scorza/ che ricopria le pargolette membra/ dove oggi alberga l'anima gentile/ ch'ogni altro piacer vile/ sembiar mi fa: sí forte mi rimembra/ del portamento humile/ ch'allor fioriva, et poi crebbe anzi agli anni,/ cagion sola et riposo de' miei affanni.

Qualor tenera neve per li colli/ dal sol percossa veggio di lontano,/ come 'l sol neve, mi governa Amore,/ pensando nel bel viso piú che humano/ che pò da lunge gli occhi miei far molli,/

von nah mich blendet und mein Herz bezwingt;
daß immer mir aus Weiß und Gold entspringt
was sich nur mir, dies glaub ich, offenbart
und nie zuvor ein Auge je erkannt,
setzt mich in solchen Brand,
mischt unter Seufzer sich ein Lächeln zart,
daß niemals, was ich sah, dem Sinn entschwand,
nein, unauslöschlich bleibt in Ewigkeit,
unwandelbar es selbst zu jeder Zeit.

Hält nachts der Regen ein, sah niederschweben
ich nie den Sternenschwarm im heiteren Raum
und zwischen Reif und Tau des Feuers Pracht,
daß nicht vor mir stand, leuchtend wie ein Traum,
das Augenpaar, das mich erweckt zum Leben,
wie ich es sah einst in des Schleiers Nacht
und wie, als stünde es in ihrer Macht,
der Himmel glänzte, sah ich ihren Blick
von Tränen glänzend, der ich mich ergeben,
seh ich den Tag sich heben,
spür ich ihr Licht, mein leuchtendes Geschick,
seh ich ihn von mir streben,
scheint sie zu ihrem Aufbruch schon bereit,
die uns zurückläßt hier in Dunkelheit.

ma da presso gli abbaglia, et vince il core:/ ove fra 'l biancho et l'aurëo colore,/ sempre si mostra quel che mai non vide/ occhio mortal, ch'io creda, altro che 'l mio;/ et del caldo desio,/ che, quando sospirando ella sorride,/ m'infiamma sí che oblio/ nïente aprezza, ma diventa eterno,/ né state il cangia, né lo spegne il verno.

Non vidi mai dopo nocturna pioggia/ gir per l'aere sereno stelle erranti,/ et fiammeggiar fra la rugiada e 'l gielo,/ ch'i' non avesse i begli occhi davanti/ ove la stancha mia vita s'appoggia,/ quali io gli vidi a l'ombra d'un bel velo;/ et sí come di lor bellezze il cielo/ splendea quel dí, così bagnati anchora/ li veggio sfavillare, ond'io sempre ardo./ Se 'l sol levarsi sguardo,/ sento il lume apparir che m'innamora;/ se tramontarsi al tardo,/ parmel veder quando si volge altrove/ lassando tenebroso onde si move.

Wenn brennend rote Rosen ich und weiße
in goldenem Gefäß beisammen sah,
dort hingestellt von jungfräulicher Hand,
war mir sogleich das süße Antlitz nah,
sie, die ich Wunder aller Wunder heiße,
weil dreimal wunderbar sie vor mir stand,
wenn überm Nacken sie ihr Haar entband,
der selbst die Milch an Weiße noch besiegt,
mit Wangen brennend, süßen Feuers Hort;
wenn leicht der Windhauch dort
am Hügel gelb und weiß die Blumen wiegt,
kehrt mir zurück der Ort,
der Tag, wo sie im Wind ihr Goldhaar trug,
daß, wie mit Flammen, mich ihr Feuer schlug.

Am Firmament die Sterne nachzuzählen,
im kleinen Glas den Ozean zu bannen,
glaubt' ich vielleicht, vom weißen Blatt geblendet,
als ihre Strahlen solche Macht gewannen
und die die Schönen sich zur Schönsten wählen,
sich, in sich selbst verschlossen, so verschwendet,
daß niemals sich von ihr mein Sinnen wendet.
Dies kann nicht sein, doch wär's, daß ich sie fliehe,
könnt' ich an keinem Ort ihr je entrinnen,

Se mai candide rose con vermiglie/ in vasel d'oro vider gli occhi miei/ allor allor da vergine man colte,/ veder pensaro il viso di colei/ ch'avanza tutte l'altre meraviglie/ con tre belle excellentie in lui raccolte:/ le bionde treccie sopra 'l collo sciolte,/ ov'ogni lacte perderia sua prova,/ e le guancie ch'adorna un dolce foco./ Ma pur che l'òra un poco/ fior' bianchi et gialli per le piaggie mova,/ torna a la mente il loco/ e 'l primo dí ch'i' vidi a l'aura sparsi/ i capei d'oro, ond'io sí súbito arsi.

Ad una ad una annoverar le stelle,/ e 'n picciol vetro chiuder tutte l'acque,/ forse credea, quando in sí poca carta/ novo penser di ricontar mi nacque/ in quante parti il fior de l'altre belle,/ stando in se stessa, à la sua luce sparta/ a ciò che mai da lei non mi diparta:/ né farò io; et se pur talor fuggo,/ in cielo e 'n terra m'á rachiuso i passi,/

da meinen müden Sinnen
sie stets vor Augen steht, wohin ich ziehe,
und so in mir tief innen
sie stets verweilt, daß keine sonst ich sehe
und keinen andern Namen mir erflehe.

Du weißt es, Lied, mein Reden ist ein Nichts,
da so viel stummes Denken in mir kreist,
sich Amor in mir regt bei Tag und Nacht,
der einzig Trost gebracht,
daß solchem Streit mich nicht der Tod entreißt.
Ich bin in seiner Macht,
wenn mir mein Herz vor Trauer will vergehen.
Durch dich nur kann dem Tod ich widerstehen.

(127)

perch'agli occhi miei lassi/ sempre è presente, ond'io tutto mi struggo./ Et cosí meco stassi,/ ch'altra non veggio mai, né veder bramo,/ né 'l nome d'altra ne' sospir' miei chiamo.

Ben sai, canzon, che quant'io parlo è nulla/ al celato amoroso mio pensero,/ che dí et nocte ne la mente porto,/ solo per cui conforto/ in cosí lunga guerra ancho non pèro:/ ché ben m'avria già morto/ la lontananza del mio cor piangendo,/ ma quinci da la morte indugio prendo.

Wo ist der Ort im Jenseits der Ideen,
an dem die Künstlerin das Urbild fand
des schönen Angesichts, uns zugewandt,
damit wir hier des Himmels Abglanz sehen?

Hat eine Göttin je in Wald und Quelle
so goldnes Haar dem Windhauch ausgebreitet?
Wann war der Tugend solche Statt bereitet?
Wenn mich auch tötet ihres Herzens Helle.

Von höchster Schönheit wähnt sich angerührt
umsonst, wer nie erschaut ihr Angesicht,
nicht weiß, wie sie die sanften Blicke führt.

Der kennt der Liebe Lust und Leiden nicht,
der ihren süßen Atem nie gespürt
und wie sie zärtlich lacht und zärtlich spricht.

(159)

In qual parte del ciel, in quale ydea/ era l'exempio, onde Natura tolse/ quel bel viso leggiadro, in ch'ella volse/ mostrar qua giú quanto lassú potea?

Qual nimpha in fonti, in selve mai qual dea,/ chiome d'oro sí fino a l'aura sciolse?/ quando un cor tante in sé vertuti accolse?/ benché la somma è di mia morte rea.

Per divina bellezza indarno mira/ chi gli occhi de costei già mai non vide/ come soavemente ella gli gira;

non sa come Amor sana, et come ancide,/ chi non sa come dolce ella sospira,/ et come dolce parla, et dolce ride.

Im Traum versunken, der vom Weg mich bringt,
daß ich, die Menschen fliehend, einsam schreite,
ich oft mir selbst im Sinnen ganz entgleite
und jene suche, die zur Flucht mich zwingt.

Ich seh vorbei sie gehn, so süß und kalt,
daß sich die Seele zitternd will erheben,
so ist von Waffen gänzlich sie umgeben,
die meine Liebe stets mit Haß vergalt.

Doch plötzlich scheint mir, daß ein Strahl sich lenkt
von Mitleid zu mir unter jener Braue,
der mich beglückt, indes mein Herz noch klagt.

Gleich faßt die Seele sich, daß sie bedenkt,
wie sie ihr Leid zu sagen sich getraue,
doch ist's so viel, daß mir das Wort versagt.

(169)

Pien d'un vago penser che me desvia/ da tutti gli altri, et fammi al mondo ir solo,/ ad or ad ora a me stesso m'involo/ pur lei cercando che fuggir devria;

et veggiola passar sí dolce et ria/ che l'alma trema per levarsi a volo,/ tal d'armati sospir' conduce stuolo/ questa bella d'Amor nemica, et mia.

Ben s'i' non erro di pietate un raggio/ scorgo fra 'l nubiloso, altero ciglio,/ che 'n parte rasserena il cor doglioso:

allor raccolgo l'alma, et poi ch'i' aggio/ di scovrirle il mio mal preso consiglio,/ tanto gli ò a dir, che 'ncominciar non oso.

Wenn Vögel klagen man und grünes Beben
des Laubes hört in sanfter Sommerluft,
der Wellen leuchtendes und dunkles Leben
am frischen Ufer unter Blütenduft,

wo ich auch sitze, schreibe, trauernd sinne,
sie, die der Himmel gab, die Erde nahm,
ich sehe, höre sie, bin ihrer inne,
von der aus solcher Ferne Trost mir kam.

– Was ist's, das vor der Zeit dein Herz dir bricht? –
sagt sie mir mitleidsvoll, – warum entsprangen
zwei bittre Quellen dir und trocknen nicht?

Wein nicht um mich; seit mich der Tod umfangen,
schau ich die Ewigkeit. Zum innern Licht
sind meine Augen mir jetzt aufgegangen. –

(279)

Se lamentar augelli, o verdi fronde/ mover soavemente a l'aura estiva,/ o roco mormorar di lucide onde/ s'ode d'una fiorita et fresca riva,

là 'v'io seggia d'amor pensoso et scriva,/ lei che 'l ciel ne mostrò, terra n'asconde,/ veggio, et odo, et intendo ch'anchor viva/ di sí lontano a' sospir' miei risponde.

»Deh, perché inanzi 'l tempo ti consume?/ – mi dice con pietate – a che pur versi/ degli occhi tristi un doloroso fiume?

Di me non pianger tu, ché' miei dí fersi/ morendo eterni, et ne l'interno lume,/ quando mostrai de chiuder, gli occhi apersi«.

So viel mir Sehkraft gab des Himmels Gunst,
so hoch mich trugen Amor und mein Streben,
ließ mich der sterblich-schöne Schein erbeben,
den ihr erschuf der Sterne höchste Kunst.

Ihr wahres, wunderbar erhabnes Sein,
das unter uns den Himmel schon entzückt,
so unvergleichlich meinem Geist entrückt,
ließ meine schwache Sicht nicht zu sich ein.

Was drum die Stimme sang und schrieb die Hand
zu ihrem Lob, die jetzt vor Gott mich nennt,
war nur ein Tropfen, der im Meer verschwand.

Dem Geist entzweit, die Feder nicht erkennt.
Den unverwandten Blicks die Sonne bannt,
blind macht das Licht ihn, das im Auge brennt.

(339)

Conobbi, quanto il ciel li occhi m'aperse,/ quanto studio et Amor m'alzaron l'ali,/ cose nove et leggiadre, ma mortali,/ che 'n un soggetto ogni stella cosperse:

l'altre tante sí strane et sí diverse/ forme altere, celesti et immortali,/ perché non furo a l'intellecto eguali,/ la mia debile vista non sofferse.

Onde quant'io di lei parlai né scrissi,/ ch'or per lodi anzi a Dio preghi mi rende,/ fu breve stilla d'infiniti abissi:

ché stilo oltra l'ingegno non si stende;/ et per aver uom li occhi nel sol fissi,/ tanto si vede men quanto piú splende.

Trennung und Tod

Weint, Frauen, Amor trag der Trauer Last,
weint, Liebende, vereint in jedem Land,
denn er ist tot, der alle Kunst verwandt
auf euren Preis, als er der Erde Gast.

Ich aber bitte meinen bittern Schmerz,
er möge meine Tränen nicht verschließen,
er lasse meiner Trauer Sturm ergießen,
bis sich gefaßt mein jammervolles Herz.

Weint, Reime, ihr auch, Verse, weint,
denn Cino, der uns allen liebreich heißt,
ist, ach, für immer nun von uns gegangen.

Ihr von Pistoia, deren Herz versteint,
sollt weinen. Euer war der sanfte Geist.
Der Himmel freue sich, der ihn empfangen.

(92)

Piangete, donne, et con voi pianga Amore;/ piangete, amanti, per ciascun paese,/ poi ch'è morto collui che tutto intese/ in farvi, mentre visse, al mondo honore.

Io per me prego il mio acerbo dolore,/ non sian da lui le lagrime contese,/ et mi sia di sospir' tanto cortese,/ quanto bisogna a disfogare il core.

Piangan le rime anchor, piangano i versi,/ perché 'l nostro amoroso messer Cino/ novellamente s'è da noi partito.

Pianga Pistoia, e i citadin perversi/ che perduto ànno sí dolce vicino;/ et rallegresi il cielo, ov'ello è gito.

Zerbrochne Säule, Lorbeer schwarz von Frost,
sie gaben Schatten meinem müden Sinnen.
Verloren ach, was nie mehr zu gewinnen,
in Nord und Süd nicht und in West und Ost.

Weg reißt du Tod mir, was mir doppelt hold,
was mich beglückt hat und mein Herz erhoben.
Nichts kann mir retten, was mir so zerstoben,
kein Mächtger dieser Welt noch Stein und Gold.

Doch will das Schicksal mir noch gütig sein,
so will ich meiner Trauer ganz gehören,
mit Augen, die nicht trocknen, schwerem Blick.

O unser Leben, allzu schöner Schein,
wie leicht kann schon ein Augenblick zerstören
das schwer in langer Zeit erworbne Glück.

(269)

Rotta è l'alta colonna e 'l verde lauro/ che facean ombra al mio stanco pensero;/ perduto ò quel che ritrovar non spero/ dal borrea a l'austro, o dal mar indo al mauro.

Tolto m'ài, Morte, il mio doppio thesauro,/ che mi fea viver lieto et gire altero,/ et ristorar nol pò terra né impero,/ né gemma orïental, né forza d'auro.

Ma se consentimento è di destino,/ che posso io piú, se no aver l'alma trista,/ humidi gli occhi sempre, e 'l viso chino?

O nostra vita ch'è sí bella in vista,/ com perde agevolmente in un matino/ quel che 'n molti anni a gran pena s'acquista!

Wie bang ist mir, muß ich vor Augen sehen
den letzten Tag, als sie bedrückt und still
zurückblieb wie mein Herz. Doch immer will
mein Sinn sich einzig um dies eine drehen.

Ich seh sie stehen wie in ärmrem Flor
die Rose, hingeneigt zu ihren Frauen,
nicht freudig, leidend nicht, so anzuschauen,
wie wer sich fürchtet und weiß nicht wovor.

Die alte Anmut schmückte sie nicht mehr,
die Perlen, Kränze, bunte Seidenpracht,
das Lachen, Singen, süßer Redefluß.

Mein Leben ist von trüber Ahnung schwer,
mich schreckt der Träume, der Gedanken Nacht.
Geb Gott, daß ich umsonst mich ängsten muß.

(249)

Qual paura ò, quando mi torna a mente/ quel giorno ch'i' lasciai grave et pensosa/ madonna, e 'l mio cor seco! et non è cosa/ che sí volentier pensi, et sí sovente.

I' la riveggio starsi humilemente/ tra belle donne, a guisa d'una rosa/ tra minor' fior', né lieta né dogliosa,/ come chi teme, et altro mal non sente.

Deposta avea l'usata leggiadria,/ le perle et le ghirlande e i panni allegri,/ e 'l riso e 'l canto e 'l parlar dolce humano.

Cosí in dubbio lasciai la vita mia:/ or tristi auguri, et sogni et penser' negri/ mi dànno assalto, et piaccia a Dio che 'nvano.

Amor, Begleiter mir in schönren Tagen,
der an den Ufern, dem Gedenken lieb,
daß keins der alten Bücher offen blieb,
du gingst, mir und dem Fluß so viel zu sagen,

Laub, Blüten, Gräser, Schatten, Höhlen, Wellen,
in sanftem Wind Berg, Täler, helles Land,
wo liebeskrank die Seele Zuflucht fand
vor den Gewalten, die mich rings umstellen,

in tiefen Wäldern stets zur Flucht bereit
ihr Nymphen, in den klaren Fluten auch
ihr, die ihr leicht dort hinbringt euer Leben,

mein Tag, so klar einst, liegt in Dunkelheit,
dem Tod gleich, der dies will. Vom ersten Hauch
sind wir dem Schicksal in die Hand gegeben.

(303)

Amor, che meco al buon tempo ti stavi/ fra queste rive, a' pensier' nostri amiche,/ et per saldar le ragion' nostre antiche/ meco et col fiume ragionando andavi;

fior', frondi, herbe, ombre, antri, onde, aure soavi,/ valli chiuse, alti colli et piagge apriche,/ porto de l'amorose mie fatiche,/ de le fortune mie tante, et sí gravi;

o vaghi habitator' de' verdi boschi,/ o nimphe, et voi che 'l fresco herboso fondo/ del liquido cristallo alberga et pasce:

i dí miei fur sí chiari, or son sí foschi,/ come Morte che 'l fa; cosí nel mondo/ sua ventura à ciaschun dal dí che nasce.

Beglückte Seele, die so süß geregt
das Augenpaar, wie Sonnenstrahlen hell,
der Seufzer und der klaren Worte Quell,
die unauslöschlich noch mein Herz bewegt,

ich sah, wie einst dein reines Feuer hieß,
wo Gras und Veilchen sind, die eine gehen,
nur Engel hat man je so leicht gesehen,
die niemals seither meinen Sinn verließ;

als du zu deinem Schöpfer heimgekehrt,
vom schönen Schleier ihres Leibs getrennt,
den einst ein hohes Los dir gab zu eigen,

da war von edler Lieb die Welt entleert,
die Sonne stürzt' herab vom Firmament,
und süß begann der Tod sich mir zu zeigen.

(352)

Spirto felice che sí dolcemente/ volgei quelli occhi, piú chiari che 'l sole,/ et formavi i sospiri et le parole,/ vive ch'anchor mi sonan ne la mente:

già ti vid'io, d'onesto foco ardente,/ mover i pie' fra l'erbe et le vïole,/ non come donna, ma com'angel sòle,/ di quella ch'or m'è piú che mai presente;

la qual tu poi, tornando al tuo fattore,/ lasciasti in terra, et quel soave velo/ che per alto destin ti venne in sorte.

Nel tuo partir, partí del mondo Amore/ et Cortesia, e 'l sol cadde del cielo,/ et dolce incominciò farsi la morte.

Kleiner Vogel, der du singend ziehst,
klagend vielmehr um verflogne Zeiten,
Winter, dunkle Nacht dich schon begleiten,
wenn den Tag, den Sommer du noch siehst.

Wie dir kund, was dir im Herzen schreit,
könntest du auch, was ich litt, erfahren,
kämst du in den Schoß des Untröstbaren,
teiltest mit ihm alles Weh und Leid.

Wem würde sich die Schale tiefer neigen?
Vielleicht ist Hoffnung noch in deiner Pein?
Mir ließen Tod und Himmel nur ihr Schweigen.

Doch späte Zeit und Stunde lädt mich ein,
wenn in mir süße, bittre Jahre steigen,
mitleidig im Gespräch dir nah zu sein.

(353)

Vago augelletto che cantando vai,/ over piangendo, il tuo tempo passato,/ vedendoti la notte e 'l verno a lato/ e 'l dí dopo le spalle e i mesi gai,

se, come i tuoi gravosi affanni sai,/ cosí sapessi il mio simile stato,/ verresti in grembo a questo sconsolato/ a partir seco i dolorosi guai.

I' non so se le parti sarian pari,/ ché quella cui tu piangi è forse in vita,/ di ch'a me Morte e 'l ciel son tanto avari;

ma la stagione et l'ora men gradita,/ col membrar de' dolci anni et de li amari,/ a parlar teco con pietà m'invita.

Mein Herz stand zwanzig und ein Jahr in Brand,
im Feuer fröhlich, hoffnungsstark im Schmerz,
dann folgt' es seiner Herrin himmelwärts
und zehnmal mir ein Jahr in Tränen schwand.

Jetzt bin ich müd, mich reut mein leeres Leben,
der Tugend Samen hab ich fast vertan,
was mir geblieben nach so langem Wahn,
will, höchster Gott, ich dir in Demut geben,

die Zeit beklagend, die du mir verliehen
und mir zu bess'rem Nutzen zugedacht,
mein Heil zu suchen und die Lust zu fliehen;

der du mich warfst in dieses Kerkers Nacht,
mögst du aus Tod mich und Verdammnis ziehen.
Ach, allzu schuldig hab ich mich gemacht.

(364)

Tennemi Amor anni ventuno ardendo,/ lieto nel foco, et nel duol pien di speme;/ poi che madonna e 'l mio cor seco inseme/ saliro al ciel, dieci altri anni piangendo.

Omai son stanco, et mia vita reprendo/ di tanto error che di vertute il seme/ à quasi spento, et le mie parti extreme,/ alto Dio, a te devotamente rendo:

pentito et tristo de' miei sí spesi anni,/ che spender si deveano in miglior uso,/ in cercar pace et in fuggir affanni.

Signor che 'n questo carcer m'ài rinchiuso,/ tràmene, salvo da li eterni danni,/ ch'i' conosco 'l mio fallo, et non lo scuso.

Mein guter Stern, mein Leben hier in Freuden,
die klaren Tage und die stillen Nächte,
das sanfte Leiden und die süße Weise,
der Widerklang in Versen und im Reim,
so plötzlich wichen sie dem Leid, den Klagen,
drum ist das Leben leid mir, süß der Tod.

Grausam und bitter, unerbittlich: Tod!
Du nahmst hinweg mit dir all meine Freuden,
nichts andres ist mein Leben mehr als Klagen,
die Tage dunkel, trauervoll die Nächte.
Mein schweres Seufzen findet keinen Reim,
das Schmerzenswort versteinert meine Weise.

Was wurde meine liebevolle Weise?
Sie spricht von Zorn, sie hadert mit dem Tod.
Wo sind die Verse, und wo ist der Reim,
die einst vernahm in Trauer und in Freuden
mein Herz, wenn es von Liebe sang die Nächte,
nun sing und denk ich andres nicht als Klagen.

Einst war mir im Begehren süß das Klagen,
da sich mit Süße mischt' die bittre Weise

Mia benigna fortuna e 'l viver lieto,/ i chiari giorni et le tranquille notti/ e i soavi sospiri e 'l dolce stile/ che solea resonare in versi e 'n rime,/ vòlti subitamente in doglia e 'n pianto,/ odiar vita mi fanno, et bramar morte.

Crudele, acerba, inexorabil Morte,/ cagion mi dài di mai non esser lieto,/ ma di menar tutta mia vita in pianto,/ e i giorni oscuri et le dogliose notti./ I mei gravi sospir' non vanno in rime,/ e 'l mio duro martir vince ogni stile.

Ove è condutto il mio amoroso stile?/ A parlar d'ira, a ragionar di morte./ U' sono i versi, u' son giunte le rime,/ che gentil cor udia pensoso et lieto;/ ove 'l favoleggiar d'amor le notti?/ Or non parl'io, né penso, altro che pianto.

Già mi fu col desir sí dolce il pianto,/ che condia di dolcezza ogni agro stile,/

und ich durchwachte so die langen Nächte.
Nun ist mein Klagen bittrer als der Tod,
da nie mehr winken ihres Blickes Freuden,
das hohe Ziel für meinen niedern Reim.

Ein klares Zeichen schenkte meinem Reim
ihr Augenlicht, jetzt bleibt mir nur noch Klagen.
Im Schmerz gedenkt die Zeit mir meiner Freuden,
und wechseln muß den Ton drum meine Weise.
Erneut fleh' ich zu dir, o bleicher Tod,
daß du mich rettest aus so bittern Nächten.

Der Schlaf entfloh aus meinen schweren Nächten,
und klanglos irrt umher mein rauher Reim,
der nur den einen noch besingt, den Tod,
so hat mein Singen sich verkehrt in Klagen,
bei Amor wechselt nicht so schnell die Weise,
wo sich die Trauer streitet mit den Freuden.

Nie lebte so wie ich ein Mensch in Freuden,
nie trauriger bei Tag, in langen Nächten,
so wie mein Schmerz vermehrt sich meine Weise,
vom Herzen löst sich tränenvoll mein Reim,

et vegghiar mi facea tutte le notti:/ or m'è 'l pianger amaro piú che morte,/ non sperando mai 'l guardo honesto et lieto,/ alto sogetto a le mie basse rime.

Chiaro segno Amor pose a le mie rime/ dentro a' belli occhi, et or l'à posto in pianto,/ con dolor rimembrando il tempo lieto:/ ond'io vo col penser cangiando stile,/ et ripregando te, pallida Morte,/ che mi sottragghi a sí penose notti.

Fuggito è 'l sonno a le mie crude notti,/ e 'l suono usato a le mie roche rime,/ che non sanno trattar altro che morte,/ cosí è 'l mio cantar converso in pianto./ Non à 'l regno d'Amor sí vario stile,/ ch'è tanto or tristo quanto mai fu lieto.

Nesun visse già mai piú di me lieto,/ nesun vive piú tristo et giorni et notti;/ et doppiando 'l dolor, doppia lo stile/ che trae del cor sí lagrimose rime./

wie einst von Hoffnung leb ich jetzt von Klagen.
Vom Tod errettet einzig mich – der Tod.

Der Tod gab mir den Tod, und nur der Tod
kann mir dies Antlitz schenken dort in Freuden,
das süß mein Seufzen machte und mein Klagen
und Wind und Regen auch in meinen Nächten,
als all mein Sinnen sich verwebt' im Reim
und Amor hochhob meine dürftige Weise.

Wüßt' ich doch solche jammervolle Weise,
daß Laura ich entrisse ihrem Tod.
Eurydike löst' Orpheus ohne Reim.
Gelänge dies mir, lebt' ich stets in Freuden.
Da mir die Gunst verwehrt, soll von den Nächten
verschließen eine mir den Quell der Klagen.

Amor, ich habe Jahr um Jahr in Klagen
mein Lied verströmt als trauervolle Weise,
kein Hoffen schenkst du meinen schweren Nächten,
darum erflehe jetzt ich meinen Tod,
daß er mich bringe in das Land der Freuden,
wo ich sie finde, nach der ruft mein Reim.

Vissi di speme, or vivo pur di pianto,/ né contra Morte spero altro che Morte.

Morte m'à morto, et sola pò far Morte/ ch'i' torni a riveder quel viso lieto/ che piacer mi facea i sospiri e 'l pianto,/ l'aura dolce et la pioggia a le mie notti,/ quando i penseri electi tessea in rime,/ Amor alzando il mio debile stile.

Or avess'io un sí pietoso stile/ che Laura mia potesse tôrre a Morte,/ come Euridice Orpheo sua senza rime,/ ch'i' viverei anchor piú che mai lieto!/ S'esser non pò, qualchuna d'este notti/ chiuda omai queste due fonti di pianto.

Amor, i' ò molti et molt'anni pianto/ mio grave danno in doloroso stile,/ né da te spero mai men fere notti;/ et però mi son mosso a pregar Morte/ che mi tolla di qui, per farme lieto,/ ove è colei ch'i' canto et piango in rime.

Wenn so hoch steigen kann mein müder Reim,
daß er zu ihr dringt, fern von allen Klagen,
wo ihre Schönheit mehrt des Himmels Freuden,
wird sie erkennen meine neue Weise,
die sie vielleicht schon freute, eh der Tod
den Tag ihr brachte, mir die bitt'ren Nächte.

Die ihr noch hofft auf glücklichere Nächte
und noch von Amor hört und sagt im Reim,
erbittet, daß mir taub nicht sei der Tod,
des Elends Ende und der bitt'ren Klagen.
Er wechsle einmal nur die alte Weise,
die Trauer bringt, doch mich erfüllt mit Freuden.

Er bringt mir Freuden schon in nahen Nächten,
in rauher Weise angsterfüllt im Reim
bitt ich, den Klagen setz' ein End der Tod.

(332)

Se sí alto pòn gir mie stanche rime,/ ch'agiungan lei ch'è fuor d'ira et di pianto,/ et fa 'l ciel or di sue bellezze lieto,/ ben riconoscerà 'l mutato stile,/ che già forse le piacque anzi che Morte/ chiaro a lei giorno, a me fesse atre notti.

O voi che sospirate a miglior' notti,/ ch'ascoltate d'Amore o dite in rime,/ pregate non mi sia piú sorda Morte,/ porto de le miserie et fin del pianto;/ muti una volta quel suo antiquo stile,/ ch'ogni uom attrista, et me pò far sí lieto.

Far mi pò lieto in una o 'n poche notti:/ e 'n aspro stile e 'n angosciose rime/ prego che 'l pianto mio finisca Morte.

Tod nahm das Licht, das mir vor Augen loht,
im Dunkel sind die Augen unversehrt,
Staub ist, die ich in Eis und Glut begehrt,
kein Lorbeer glänzt mir mehr in meiner Not.

Dies ist mir lieb, doch ist der Sinn mir schwer,
nichts machte je ein Herz so bang und kühn,
nichts ließ es so in bittrem Frost erglühn,
macht' es so kummervoll und hoffnungsleer.

Tot, die mein Herz beseelte und entzweit,
daß nach so langen Mühen schier es bricht,
find ich die Freiheit, süße Bitterkeit,

und kehre heim zu meines Herren Licht,
der mit der Braue lenkt die Ewigkeit,
des Lebens müde, satt noch immer nicht.

(363)

Morte à spento quel sol ch'abagliar suolmi,/ e 'n tenebre son gli occhi interi et saldi;/ terra è quella ond'io ebbi et freddi et caldi;/ spenti son i miei lauri, or querce et olmi:

di ch'io veggio 'l mio ben; et parte duolmi./ Non è chi faccia et paventosi et baldi/ i miei penser', né chi li agghiacci et scaldi,/ né chi li empia di speme, et di duol colmi.

Fuor di man di colui che punge et molce,/ che già fece di me sí lungo stratio,/ mi trovo in libertate, amara et dolce;

et al Signor ch'i' adoro et ch'i' ringratio,/ che pur col ciglio il ciel governa et folce,/ torno stanco di viver, nonché satio.

Geht, Schmerzensreime, hin zum harten Stein,
der in der Erde birgt mein Glück, mein Leben.
Dort ruft, sie wird vom Himmel Antwort geben,
lieg ihre Hülle auch im dunklen Schrein.

Sagt ihr, wie müde mich die Welt gemacht,
durch wilde Wellen so mein Schiff zu lenken.
Noch hält mich ihres Lorbeers Eingedenken,
doch folgen ihr schon meine Schritte sacht.

Ihr Leben, ihren Tod sing ich allein,
mein Dichten schenkte ihr Unsterblichkeit.
Es soll die Welt sie lieben und erkennen.

Mög, wenn ich scheide, sie mir nahe sein,
sie zu mir kommen, ich bin bald bereit,
mich zu ihr ziehen, meinen Namen nennen.

(333)

Ite, rime dolenti, al duro sasso/ che 'l mio caro thesoro in terra asconde,/ ivi chiamate chi dal ciel risponde,/ benché 'l mortal sia in loco oscuro et basso.

Ditele ch'i' son già di viver lasso,/ del navigar per queste horribili onde;/ ma ricogliendo le sue sparte fronde,/ dietro le vo pur cosí passo passo,

sol di lei ragionando viva et morta,/ anzi pur viva, et or fatta immortale,/ a ciò che 'l mondo la conosca et ame.

Piacciale al mio passar esser accorta,/ ch'è presso omai; siami a l'incontro, et quale/ ella è nel cielo a sé mi tiri et chiame.

Anhang

Nachbemerkung zu Auswahl und Übersetzung des *Canzoniere*

Die hier vorgelegte Auswahl aus Petrarcas »Fragmenten in der Volkssprache« folgt einem subjektiven Kriterium. Ich habe übersetzt, was sich in mir bei der Lektüre so festsetzte, was in mir einen solchen Widerhall auslöste, daß mich die Herausforderung reizte, ihm in meiner eigenen Sprache zu antworten. Manches von Petrarcas Dichtung steht so fest in seiner eigenen Sprache und in seiner eigenen Zeit, daß es sich nicht herauslockern ließ. Doch hoffe ich, daß die Auswahl zugleich für Petrarca oder zumindest für eine wesentliche Seite seines Dichtens repräsentativ ist. Die poetischen Formen, Canzone, Sonett, Sestine, Madrigal, Ballade, sollten der Bedeutung entsprechend berücksichtigt werden, die sie bei Petrarca haben. Das bedeutet insbesondere, daß der Form der Canzone ein wesentlicher Platz einzuräumen war, obwohl gerade die weiter ausgreifende poetische Komposition dem Leser seit der Romantik eine besondere Aufmerksamkeit und Mühe abverlangt. Nicht alle Lyrik ist kurz, nicht alle Dichtung, die einen größeren Raum beansprucht, ist deshalb weniger intensiv oder, wie Baudelaire meinte, in Gefahr, der didaktischen Häresie zu verfallen. Doch zweifellos ist die kunstvolle Form der Canzone mit ihren strengen Baugesetzen eine Herausforderung für den Leser, dem die strenge Form leicht als künstlich oder leblos erscheinen mag. Das Risiko des Übersetzens, daß es Totgeburten zutage bringt, ist hier zweifellos am größten. Aber vielleicht kann gerade die Begegnung mit dieser heute ungewohnten Form zu Entdeckungen führen.

Da ohnehin die prekäre, bis zu Petrarcas Ende unabgeschlossene Architektur seines *Canzoniere* nicht bewahrt werden konnte, schien es mir sinnvoll, die ausgewählten Gedichte nach thematischen Dominanzen zu ordnen, die sich mir bei der langen Beschäftigung mit Petrarcas Werk aufdrängten. In jedem Fall sollten dabei aber die Reihenfolge Petrarcas und vor allem der Übergang von den Gedichten an die »Madonna Laura in vita« zu denen an »Madonna Laura in morte« bewahrt bleiben.

Der erste Teil »Unruhiges Denken« faßt Gedichte zusammen, in denen das Petrarcasche *pensare* zu exemplarischen poetischen Gestaltungen kommt. Wenn hier die leidenschaftliche Erschütterung des Liebenden das Denken immer neu in Bewegung setzt, so drängt es über den Schmerz der unerfüllten Liebe doch hinaus zu einer unter Augustinischem Einfluß stehenden Selbstbefragung, in der der unlösbare Konflikt zwischen religiöser Bestimmung und Weltabsage einerseits, der Verfallenheit an die Welt andererseits poetisch zum Austrag kommt, wie in der großen Canzone »I' vo pensando« (»Wenn die Gedanken«; RVF 264), mit der die Gedichte an Laura in morte beginnen.

Der zweite Teil, »Augenblicke, Verwandlungen«, vereint Gedichte, in denen die Unbeständigkeit und Diskontinuität der Erfahrung des Liebenden zum poetischen Prinzip wird. Petrarca ist unerschöpflich im Erfinden neuer augenblicksbezogener lyrischer Situationen. Die Geliebte geht vorüber und trifft das Ich für einen Moment mit ihrem Blick, das Ich gedenkt des schicksalhaften Augenblicks der ersten Begegnung, es imaginiert den späten Augenblick einer zukünftigen Kühnheit, wenn die Geliebte schon im Zeichen des herannahenden Alters steht, es hält das intensive sinnliche Bild der Laura fest, deren helles Haar im blendenden Licht vom Wind bewegt wird. Solche Momentbilder prägen sich tief dem Gedächtnis ein und verlangen nach poetischer Vergegenwärtigung. Ein anderer Aspekt des Unbeständigen, aber zugleich der intensivsten psychischen Bewegung, ist die Metamorphose. In der Canzone 23 übersetzt sich die innere Erfahrung der Verweigerung und des Entzugs in eine Metamorphose der psychischen Bilder, die selbst schon Transpositionen Ovidscher Metamorphosen-Geschichten sind.

»Einsame Gänge« erfaßt eine Gruppe von Gedichten, in denen das einsame Gehen in der offenen Landschaft zur dominanten Anschauung wird, die die Bewegung des Gedichts bestimmt. Das Ich sieht sich umhergehen wie den alten Pilger in Rom, es sieht sich selbst, wie es langsam und nachdenklich das Feld durchschreitet, es folgt dem Wandel der inneren Bilder beim richtungslosen *errare* »di pensier in pensier,/di monte in monte« (Canzone 129). Dem in der Einsamkeit sich verlierenden Ich scheint bei seinen Gängen das innere Sehnsuchtsbild der Geliebten als Objektivation aus der Landschaft entgegenzutreten. Es spürt die Nähe einer einstigen Begegnung bei der Annäherung an den jetzt verwaisten Ort.

In der Mitte des Bandes steht Petrarcas Gedicht »An Italien«, Zeugnis seiner politischen Leidenschaft und seiner Sehnsucht nach Frieden in dem von Bürgerkriegen zerrissenen Italien. Hier schafft sich, wie nur in wenigen anderen Gedichten, der politische Dichter Gehör und durchbricht den »ewigen Karfreitag« (wie Goethe in einem Sonett an Petrarca geistreich sagt) seiner Liebesklagen.

»Landschaften der Erinnerung und der Sehnsucht« sind Evokationen der Landschaft, in denen das Ich sich in aus der Erinnerung oder der Arbeit des Imaginären hervorgebrachte Landschaften versetzt, die selbst schon Orte des Eingedenkens an die ferne, ungreifbare, für immer entzogene Geliebte sind. Die Canzone »Nella stagion« (»Wenn schnell sich abends«; RVF 50) faßt Augenblicke abendlicher Landschaft zusammen, aus denen die traurige Gestimmtheit am Rand der Nacht hervorgeht. Der Tag nimmt die Landschaft mit sich hinweg, deren Anwesenheit für die abwesende Geliebte einstand, oder das Ich sehnt sich im abendlichen Licht hinüber in jene unmögliche Landschaft, wo es glücklich mit der Geliebten vereint wäre. In der Canzone »Chiare, fresche e dolci acque« (»Klare und kühle Flut«; RVF 126) wird die Landschaft, wo dem Ich eine verklärte Laura erschien, zum Ort, wo es nach seinem Tod sein Grab erhofft.

»Das Bild der Geliebten« faßt Gedichte zusammen, in denen die Geliebte für Augenblicke sich zeigt oder verhüllt, in denen ihre Nähe eine Hoffnung, ihre endgültige Ferne ein Angsttraum ist, wo das Drama ihrer Erscheinung und ihres Entzugs sich immer neu im Bewußtsein des Liebenden abspielt. Aber in dem Laura-Bild Simone Martinis, auf das der Dichter zweimal antwortet, wird die Geliebte zur fernen Nähe, in der sie sich zeigt und entzieht und dem Ich zum stummen Partner eines inneren Dialogs wird. Aus allen Wirklichkeiten ersteht nur immer das eine Bild der einzigen, unvergleichlichen Schönheit. Die Geliebte geht vorüber, kalt und unnahbar, und plötzlich scheint sie das Ich zu erblicken, dem die Sprache versagt. Aus anderer Ferne ihres durch den Tod entzogenen neuen Lebens scheint sie zum Dichter zu sprechen, aber schmerzlich wird ihm bewußt, daß es ihm nicht gelang, ihre wahre, ideale Schönheit zu erfassen, als sie noch gegenwärtig war.

Wenn schon die Laura *in vita* für den Dichter eine sich entziehende Erscheinung, eine Abwesende war, wie Äneas, der sich Dido entzieht und den sie imaginär in die Gegenwart zwingt (»Illum absens absentem auditque videtque«, *Aeneis*, IV,83), so gilt dies mit anderer Endgültigkeit für die verstorbene Laura, die dem Dichter noch immer gegenwärtig ist und die seine dichterische Klage als abwesend für immer gegenwärtig machen will in der Metamorphose der Laura zur zeitentzogenen *laurea*. Am Anfang aber steht ein Sonett der Trauer über den Tod des Dichters und Juristen Cino da Pistoia, dem Petrarca maßgebliche Anregungen für sein eigenes Dichten, vor allem das Thema der Landschaft, verdankt. Der Dichter trauert um die Abwesende, er trauert auch darüber, daß seine Liebe, als sie noch gegenwärtig war, unerfüllt bleiben mußte, und er ersehnt den eigenen Tod. Petrarca findet Verse der melancholischen Entfremdung von der Welt, der Trauer, in deren Intensität die zweifach Abwesende zur großen, ewig in der von ihm selbst erst geschaffenen italienischen Sprache lebenden Anwesenden wird.

An Übersetzungen Petrarcas ins Deutsche ist kein Mangel. Dennoch ist ihm bis heute, anders als Dante, Ariost, Shakespeare oder Cervantes, eine maßgebliche Übersetzung versagt geblieben. Die Romantiker, unter ihnen August Wilhelm von Schlegel und vor allem Karl Foerster, haben ihre Übersetzungen an einer Petrarca-Legende ausgerichtet, die bei Petrarca selbst zwar schon angelegt ist, aber im romantischen Deutschland der »kunstliebenden Klosterbrüder« einen sentimentalischen Beiklang und eine poetische Üppigkeit erhielt, die sie bei Petrarca nicht hat. Die Rationalität des Petrarcaschen *pensare* ging in den Übersetzungen Foersters in einem gefühlvollen poetischen Ungefähr unter. Diese Tradition eines gefühlvollen und sprachlich eher vagen Petrarca setzt sich in den zum Teil unsäglichen deutschen Übersetzungen des 20. Jahrhunderts fort und findet ihren Höhepunkt in der Übersetzung des gesamten *Canzoniere* von Geraldine Gabor und Ernst-Jürgen Dreyer, die, bei unbestreitbar innovativen und poetischen Lösungen im einzelnen, doch im ganzen auf eine Verfälschung von Petrarcas Dichtung hinausläuft. Aus dem erlesenen Raunen rettet die Übersetzung ohne Reimzwang, sei es die regelmäßig rhythmisierte Übersetzung, wie sie Hugo Friedrich vorgeschlagen hat, oder die »rhythmisierte Prosa«, in der Jürgen von Stackelberg seine Auswahl vorlegt. Der Vorteil einer solchen Annäherung ist evident. Indem die Übersetzung sich des im Deutschen schwer zu meisternden Reimzwangs entzieht, hat sie die Möglichkeit der sensiblen und flexiblen Annäherung und entgeht von vornherein der Gefahr, pompös werden zu müssen, um der Form zu genügen. Freilich, ein Sonett ohne Reim, und das heißt ohne das in festen Formen geordnete Wechselspiel von Klang und Sinn, ist kein Sonett, es bleibt, wie rhythmisiert sie sich auch geben mag, die Inhaltsangabe eines Sonetts. Nur die formale Widerständigkeit macht die Sprache zum Medium des poetischen *pensare*, das sich die Sprache in ihrer ganzen Wirklichkeit zu eigen macht. Hier liegt indes auch eine klare Grenze der Übersetzbarkeit.

Wie bei Petrarca die Vielfalt des Wirklichen in Zeit und Raum zentriert wird durch die Allgegenwart der ewig abwesenden Laura, so ist auch die Zeichenmaterie der poetischen Sprache ein Ort der absoluten Präsenz Lauras, deren Namen allen Gedichten als eindeutiges Anagramm oder diffuse anagrammatische Lesbarkeit eingeschrieben ist. Hier muß der Übersetzer die Waffen strecken. Dennoch scheint mir eine Übersetzung des *Gedichts*, nicht nur seines Inhalts, von der Übersetzung seiner sprachlichen Konkretheit als ein Insgesamt sich wechselseitig bedingender Realisierungsstrukturen nicht absehen zu können. Die Geduld, deren es bedarf, sich als Übersetzer auf diese Gegebenheiten einzulassen, um für sie, soweit dies überhaupt möglich ist, in der eigenen Sprache ein Äquivalent zu schaffen, kann vielleicht auch zu einer vertieften Einsicht in die poetische Realisierung des Originals nötigen. Dies zumindest ist die Überzeugung, von der die vorliegende Übersetzung sich leiten ließ. Es sollte das Reimgefüge als Bedingung der unterschiedlichen poetischen Formen erhalten bleiben, aber auch, soweit dies möglich war, der rhythmische Duktus, der dem Gedicht erst sein Leben gibt. Und nicht zuletzt sollte die syntaktische Figur, in der der harte Knochenbau des Petrarcaschen *pensare* seine Konkretheit gewinnt, im Gegenspiel zu ihrer ausdrucks- und variationsreichen Melodik, so weit wie möglich bewahrt werden. Denn eben in der Spannung von Melos und Syntax liegt bei Petrarca das Geheimnis seiner poetischen Rationalität, in der sein kompliziertes poetisches Denken zu sich selbst kommt. Komplexität, Verdichtung und Vielfalt des poetischen Sinns ist nicht Vagheit im Sinne eines poetischen *terrain vague*, wo gesuchte Extravaganzen erlaubt wären.

Vielleicht, daß die hier vorgelegten Versuche, Fragmente aus einem Buch der Fragmente, bei allen Schwächen dazu beitragen können, von Petrarca als Dichter eines neuen poetischen Bewußtseins, aus dem die große neuzeitliche Lyrik hervorging, eine Vorstellung zu geben.

Eine erste Fassung einiger Übersetzungen erschien in der Reihe *Edition Petrarca*, München 1990.

Anmerkungen

S. 131 »Ruhmreiche Säule«:
An ein Mitglied der mächtigen Adelsfamilie Colonna gerichtet, vielleicht das Familienoberhaupt Stefano. Petrarca war lange Jahre Sekretär des Kardinals Giovanni Colonna und ein Freund der Familie.

S. 157 Sennuccio:
Sennuccio del Bene, florentinischer Dichter und Freund Petrarcas.

S. 169 f.:
Die beiden Sonette sind dem Seneser Maler Simone Martini gewidmet, den Petrarca in Avignon kennenlernte und der auf Bitten des Dichters ein Idealbild der Laura, vermutlich eine Miniatur, gemalt hatte.

S. 185:
Sonett auf den im Exil gestorbenen Juristen und Dichter Cino da Pistoia, der Petrarcas Dichtung wesentlich beeinflußt hat.

S. 186:
Auf den Tod Kardinal Giovanni Colonnas (3. Juli 1348), von dem Petrarca sich als Anhänger Cola di Rienzos erst kurz zuvor gelöst hatte.

Literaturhinweise

1. Ausgaben

Francesco Petrarca, *Canzoniere*, Testo critico e introduzione di Gianfranco Contini, annotazioni di Daniele Ponchiroli, Torino 1964. (Unser Text folgt dieser Ausgabe.)

Franceso Petrarca, *Canzoniere*, Edizione commentata a cura di Marco Santagata, Milano 1996.

Francesco Petrarca, *Die Besteigung des Mont Ventoux*, lateinisch-deutsch, übersetzt und herausgegeben von Kurt Steinmann, Reclam, Stuttgart 1995.

2. Übersetzungen des *Canzoniere*

Francesco Petrarca, *Canzoniere*, übersetzt von Karl Förster, Auswahl, Anmerkungen und Einleitung von Gerhard Regn, Main 1987.

Francesco Petrarca, *Canzoniere*, nach einer Interlinearübersetzung von Geraldine Gabor in deutsche Verse gebracht von Ernst-Jürgen Dreyer, Frankfurt 1989.

Francesco Petrarca, *Die schönsten Liebesgedichte*, übersetzt mit einem Nachwort von Jürgen von Stackelberg, Frankfurt/Leipzig 1997.

3. Gesamtdarstellungen und Sammelbände

Ernest H. Wilkins, *Life of Petrarch*, Chicago 1961.

Fritz Schalk (Hrsg.), *Petrarca. Beiträge zu Werk und Wirkung*, Frankfurt 1975.

August Buck (Hrsg.), *Petrarca*, Wege der Forschung 353, Darmstadt 1976.

Nicholas Mann, *Petrarch*, Oxford / New York 1984.

Ugo Dotti, *Vita di Petrarca*, Roma / Bari 1987.

Gerhard Hoffmeister, *Petrarca*, Sammlung Metzler, Stuttgart 1997.

4. Einzeldarstellungen

Giuseppe Billanovich, *Petrarca letterato. I. Lo scrittoio del Petrarca*, Roma 1947.

Ernest H. Wilkins, *The Making of the Canzoniere and Other Petrarchan Studies*, Roma 1951.

Hugo Friedrich, *Epochen der italienischen Lyrik*, Frankfurt 1964, Kap. IV: Francesco Petrarca.

Karlheinz Stierle, *Petrarcas Landschaften. Zur Geschichte ästhetischer Landschaftserfahrung*, Schriften und Vorträge des Petrarca-Instituts Köln XXIX, Krefeld 1979.

Bernhard König, »Das letzte Sonett des *Canzoniere*. Zur architektonischen Funktion und Gestaltung der ›ultimo rimo‹ Petrarcas«, in: *Interpretation. Das Paradigma der europäischen Renaissance-Literatur*, Festschrift für Alfred Noyer-Weidner zum 60. Geburtstag, hrsg. von Klaus W. Hempfer und Gerhard Regn, Wiesbaden 1983.

Alfred Noyer-Weidner, »Il sonetto I«, in: ders., *Umgang mit Texten*, Bd. 1, hrsg. von Klaus W. Hempfer, Stuttgart 1986, S. 262–288.

Marco Santagata, *I frammenti dell'anima. Storia e racconto nel Canzoniere di Petrarca*, Bologna 1992.

Verzeichnis der italienischen Gedichtanfänge

Verzeichnis der deutschen Gedichtanfänge

Karlheinz Stierle im Carl Hanser Verlag

Der Mythos von Paris

Zeichen und Bewußtsein der Stadt

1993. 987 Seiten

Auf dem wunderschönen Umschlag von Karlheinz Stierles Buch »Der Mythos von Paris: Zeichen und Bewußtsein der Stadt« ist ein Gemälde Victor Navlets aus dem Jahr 1852 reproduziert, »Paris vu des toits du Louvre«, das mit einem Blick all das überschaut, was den Mythos dieser Stadt ausmacht: Im Vordergrund die Seine mit ihren Quais, der Pont des Arts, über den eine dichte Menge von Passanten strömt; etwas weiter in der Tiefe der Pont-Neuf, dessen schwere, steinerne Bögen die Ile de la Cité mit dem Land verbinden; dann die stumpfen Türme von Victor Hugos Notre-Dame; rauchende Fabrikschlote irgendwo zwischen Rue Dauphine und Boulevard Saint-Germain; am Horizont die Silhouetten des Panthéon und der Montagne Sainte-Geneviève – Namen und Zeichen, emblematische Bilder, Worte einer mythischen Sprache, die immer und immer wieder gelesen werden will.
Karlheinz Stierle hat sich an diese Lektüre gemacht – und was hat er nicht alles entziffert in den Buchstaben dieser Schrift! Das Ergebnis seiner Lese-Arbeit legt er jetzt in einem wahrhaft überwältigenden Buch vor, einem umfassenden, fast tausendseitigen Kompendium der Paris-Mythologien von den ersten Anfängen bei Deschamps bis zu ihren Höhepunkten im 19. Jahrhundert bei Victor Hugo und Charles Baudelaire. Was dabei herauskommt, ist alles andere als ein intellektueller Reiseführer – obwohl der Leser von manchem Kapitel auch in diesem Sinne profitieren kann –, es ist eine Bilder- und Bewußtseinsgeschichte der Stadt Paris und damit des modernen Großstadt-Menschen schlechthin; ein Geschichtsbuch von einer solchen Materialfülle, daß es unmöglich ist, davon auch nur annähernd einen zusammenfassenden Begriff zu geben.

Die Zeit

Klassiker der romanischen Literatur
bei Hanser

Giovanni Boccaccio
Männer und Frauen
Geschichten aus dem Decameron
Übersetzt von Kurt Flasch

François Villon
Sämtliche Werke
Französisch und deutsch
Herausgegeben und übersetzt
von Carl Fischer

Charles Baudelaire
Sämtliche Werke / Briefe
in acht Bänden
Herausgegeben von
Friedhelm Kemp und Claude Pichois
in Zusammenarbeit mit Wolfgang Drost

Stéphane Mallarmé
Sämtliche Dichtungen
Französisch und deutsch
Übersetzt von Carl Fischer

Paul Claudel
Gesammelte Werke
in sechs Bänden
Herausgegeben von Edwin Maria Landau

Kommentierte kleine Klassikerausgaben bei Hanser

Annette von Droste-Hülshoff
Des Grauens Süße
Ein Lesebuch von Dieter Borchmeyer

Heinrich Heine
Und grüß mich nicht unter den Linden
Gedichte von Heinrich Heine
kommentiert von Elke Schmitter

Heinrich Heine
Die Prosa nimmt mich auf in ihre weiten Arme
Verrisse und Visionen
ausgewählt und kommentiert von Dolf Oehler

Clemens Brentano
O Stern und Blume, Geist und Kleid
Gedichte von Clemens Brentano
Ein Lesebuch von Franz Josef Czernin

Eduard Mörike
Der Nacht ins Ohr
Gedichte von Eduard Mörike,
Vertonungen von Hugo Wolf
Ein Lesebuch von Dietrich Fischer-Dieskau

in Vorbereitung
Joseph von Eichendorff
Aus der Heimat hinter den Blitzen rot
Gedichte von Joseph von Eichendorff
Ein Lesebuch von Eckhard Henscheid